KB066337

마음의 평화, 자비의 사회화

법륜 지음

정토출판

마음의 평화、 자비의 사회화

미래문명은 개인의 각성에서 시작한다

　사람이 평생을 살면서 많은 사람과 만나고 사귀지만 진정 귀하고, 돌이
켜볼수록 존경스럽고, 서로의 교감이 변하지 않고 기억되는 사람을 사귀기
란 쉬운 일이 아니다.

　내가 법륜 스님을 직접 만난 것은 지금으로부터 10년 전이다. 그러나 그
전에 종래 불교인들과 다른 유형의 위인으로 알려지고 이야기된 것을 듣
고, 어떤 의미에서 흠모한 지 꽤 여러 해가 되었다. 그런 과정까지 다 합치
면 내가 법륜 스님을 알게 된 것은 한 20여 년은 되지 않았나 생각된다. 그
동안 스님으로서 행적뿐 아니라, 개인으로서, 사회인으로서, 지식인으로
서, 그리고 최근 몇 년 동안에는 부처님이 말씀한 선행의 실천자로서 그의
면모를 확인하면서 나의 흠모하는 마음은 더욱 깊어지고 짙어졌다.
　종교의 경계를 넘어서서 그 모든 종교들이 동시에 추구하는 어떤 숭고
한 목표 즉, 인간의 진실된 삶과 삶의 평안과 그리고 평화를 지향하는 데 있
어 법륜 스님은 말할 수 없이 귀한 상징적인 존재라고 나는 확신하고 있다.

법륜 스님은 사람들의 현실 생활과 시대의 상황 속에서 부처님의 자비와 예수 그리스도의 사랑의 열매를 맺으려 한다.

스님이 막사이사이 상을 받게 되었다는 소식을 접했을 때, 나는 오히려 법륜 스님의 이념과 사상과 행위는 감히 그 상이 설정하는 공의 범위와 수평을 훨씬 뛰어넘는다고 생각했다. 법륜 스님이 처음에 수상 소식을 듣고, 그 상의 수상 취지가 밝히는 공이 스님 개인에 한정된 것이 아니라 수많은 사람들과 수많은 단체들이 오랫동안 노력해 온 결과이기 때문에, 완강히 사의를 표명했다는 후문을 듣고 나는 다시 한 번 법륜 스님의 겸허함에 감동했다.

사실 그렇다고 생각한다. 이 상이 표방하는 이념이나 선정 이유에 밝혀 놓은 그 많은 업적들은 결코 법륜 스님 한 분의 것이 아니다. 법륜 스님과 함께 그 어려운 길을 걷고, 지금도 걷고 있는 많은 분들의 노고로 인정되어야 할 것이다. 그러면서 동시에 지난 10여 년에 걸친, 이 머리 숙여지는 많은 노력의 중심에, 그리고 그 선두에 법륜 스님이 있었고, 지금도 그러하며 앞으로도 그럴 거라는 게 분명한 사실이고 보면 스님의 막사이사이 상 평화와 국제이해 부분의 수상은 지극히 합당한 결정으로 여겨진다.

이와 같은 법륜 스님의 사상을 스스로 말하고 글로써 적은, 귀한 내용이 담겨진 『마음의 평화, 자비의 사회화』의 출간은 극히 의의 깊은 일이라 아니할 수 없다.

스님이 지금과 앞으로의 한 시대를 인류사의 큰 변화의 시대로 보고, 특히 가장 걱정하고 역점을 둔 생태위기문제를 중심으로 강론한 부분은 내일에 대한 우리의 안목을 크게 넓혀주는 내용이다. 그것은 바로 인류 평화의 길로 직결되며 우리 모두가 한 마음으로 염원하는 아름다운 세상을 만들어가는 지침이자 이정표라고 할 수 있다.

그런데 우리가 여기서 가장 주목해야 할 사실은 바로 그와 같은 미래문명이 어떠한 종교만으로, 또는 사회적 정치적 제도로써, 또는 이미 시험이 끝난 낡은 방법론으로서가 아니라, 한 사람 한 사람 개인 차원의 새로운 각성에서부터 시작해야 한다고 강조한 부분이다.

특히 평화와 사랑의 미래세계를 위하여 우리 모두가 어떠한 마음과 사람됨을 추구하여야 할 것인가를 설한 '과학과 종교의 한계를 넘어', '미래 문명을 이끌어갈 새로운 인간'에서 우리는 법륜 스님이 구도자적 자세로 여태껏 추구해 온 목적과 걸어온 길, 그리고 목표하고 있는 내일에 대한 가르침을 받는다.

그런데 우리는 어떤 삶의 미망 속에 빠져 있는가. 며칠 전 신문에서 우리 한국인과 한국사회가 법륜 스님이 말하는 미래의 모습에서 얼마나 동떨어져 있는지 가슴 아프게 확인한 바 있다. 하나의 사실은, 내일의 주인이 될 중·고등학교 젊은이들의 85.5%가 '법을 지키고 양심에 따라 사는 것은 손해'라고 답변했다는 여론조사이다.

또 하나의 사실은, 여론조사 결과 얼굴과 생김새가 인생을 좌우한다고 확신하여 타고난 얼굴에 칼을 대고 미인이 되고자 안간힘을 쓰는 한국 여성이 전체의 69%나 된다는 기사 내용이다.

　두 가지의 비근한 사실에서 한국사회의 젊은 남자들과 여자들의 모습이, 법륜 스님이 간절하게 바라고 있는 현실상이나 미래상에서 얼마나 동떨어진 것인지 보게 된다. 이런 우리들을 감화시키고 가르치고 변화시켜서 법륜 스님이 염원하는 미래사회로 나아가도록 이끌기 위한 고된 과제가 그의 앞에 산적해 있다. 이것은 법륜 스님이 짊어져야 할 엄청난 괴로움이기에 나는 동정하는 마음 또한 금할 수 없다.

　또 며칠 전 신문에 게재된 두 개의 사진에서, 법륜 스님이 지향하는 미래문명을 위해서 첫째로 꼽는 '깨달음과 새로운 문명'의 노력을 가로막고 서 있는 자본주의적 물질주의와 오늘날 세계 인류의 반생태적 행태를 확인했다. 그것은 오늘날 인류가 발전과 부와 행복에 대해 갖고 있는 잘못된 생각 때문에 지구를 얼마나 무지하게 파괴하고 있는지 보여주는 그림이었다.

　하나의 사진은 1918년에 북극해의 한 섬에 끝없이 펼쳐져 있던 거대한 빙산의 모습이고, 다른 하나의 사진은 같은 섬의 모습을 금년에 찍은 것으로, 그곳에는 한 움큼의 눈도 보이지 않았다. 그 많던 눈이 완전히 녹아버리고 거대하게 높은 빙산에 묻혀 있던 산맥이 그대로 알몸을 드러내고 있었다. 이것은 분명히 인간의 행복과 전우주의 관계를 근본적으로 착각한 오늘날의 물질문명과 개인들의 책임이라고 생각한다.

오늘날 이와 같은 인류의 자멸적인 길에서 우리를 구원할 지도적 책임 또한 우리는 법륜 스님에게 기대한다.

이 책이 이 모든 어려움에 대한 해답이 되어 주고, 우리 모두의 무지와 미몽을 깨우쳐 주기를 희망하고 또, 반드시 그렇게 되기를 믿어 마지않는다.

2002. 8. 리영희 한양대 명예교수

여기 한 사람의 승려가 우리에게 희망을 말하고 있다

한국사회가 밝고 희망찬 21세기를 맞이하느냐 못 하느냐는 전적으로 우리 국민들의 의지에 달려 있습니다. 그러나 한국사회는 아직도 흔들리고 있습니다. 월드컵으로 인해 우리 국민이 모처럼 조건 없는 일체감을 맛보았지만, 그것은 일시적인 공명현상일 뿐이었습니다. 진정으로 투명하고 따뜻한 사회를 만들고, 깊이 있는 문화민족으로서의 위상을 회복하려면 가야 할 길이 아직 멀기만 합니다.

들떠 있는 사회, 기본과 원칙이 지켜지지 않는 반칙사회, 함께 사는 마음과 서로간의 신뢰가 부족한 사회, 우리 사회가 그렇다는 자책감에서 자유로운 한국인이 얼마나 있겠습니까. 백년대계를 생각하면서 나라를 위해 자신을 바치는 지도자보다, 다음 선거에만 몰두하면서 자신을 위해 나라를 이용하고 심지어는 사회발전의 발목을 잡는 정치인들이 훨씬 많다는 것을 자신 있게 부정할 수 있는 사람이 얼마나 될까요.

종교도 예외는 아니어서 시대의 흐름과 결코 무관할 수 없습니다. 가장 도덕적이면서 중생을 적극적으로 껴안아야 할 종교인들이 사회 쪽으로 열려 있지 못하고 스스로의 폐쇄성에 갇혀 중생고와 사회고의 해결에 소극적이지는 않은지, 모든 종교인들의 깊은 자성과 고민 없이는 이 땅의 종교가 희망적이라고 말하기가 두렵습니다.

그러나 여기 한 사람의 승려가 우리에게 희망을 말하고 있습니다. 캄캄한 밤중에 커다란 등불이 되어 우리의 앞길을 비춰 주고 있습니다. 과학적 사고와 깊은 성찰, 그리고 대중과 사회에 대한 끊임없는 연민과 현장감 있는 설득력을 지닌, 승복 입은 이 사람은 우리를 마음으로부터 승복하게 만듭니다. 스스로 수행과 삶의 일치를 통해, 불교가 이 사회를 보듬고 이끌어 가는 종교로 다시 태어나야 함을 외치고 보여주면서도, 자신의 종교나 이념까지도 넘어서는 인류애로 모든 이들을 안고 가는 걸림 없는 자유인입니다.

"한반도의 비극적인 분단으로 희생된 생명들을 자비로운 마음으로 감싸안으며, 남북의 화해를 희망적으로 호소한 그의 공로를 높이 치하한다." 라고 막사이사이 상 선정위원회가 이 사람에게 2002년도 평화와 국제이해 부분의 상을 주면서 밝혔습니다. 이 막사이사이 상을 수상한 사람이 바로 법륜 스님입니다.

'인간은 과연 어떻게 살아야 하는가' 라는 문제를 늘 고민하는 사람

불교에서 인간다운 삶의 전형을 찾아내어 그대로 실천하며 치열하게 살아가는 사람

불교적 대안을 제시하고 불교적 가치의 사회 회향에 매진하는 사람

한 순간도 허비하지 않고 매 순간 순간 깨어 사는 사람

그러나 수행전문가이기를 거부하고 지친 중생을 돌보는 삶 자체가

곧 수행이라고 생각하며 즐겁고 좋아서 할 뿐인 사람

모두 더 많이 소유하고 사회적 책임은 외면하는 세태에

무소유와 무한 책임을 즐기는 사람

그래서 적게 소유하고 적게 쓰면서 나누는 것만이 지구적 행복이라는 것을

일깨우기 위해 무던히 애쓰는 사람

고통받는 사람은 누구든 무조건 도와야 한다고 외치고 직접 실천해 보이는 사람

변화는 두려운 게 아니라 오히려 희망이라며 낙천적으로 생각하는 사람

생각을 바꾸면 행복해진다는 것을 아는 사람

서로 다르면서 동시에 하나임을 자각하여 평안을 얻은 사람…….

15년 이상 가까이서 불교시민운동을 함께 해온 나로서도 그를 적절히 표현하기란 어렵기만 합니다.

세상에 대한 무한한 애정을 지닌 이 시대의 보살 법륜 스님이 온몸으로 보여주는 편안한 마음, 행복한 삶, 아름다운 자연, 평화로운 세계를 읽을 수 있는 우리 또한 얼마나 행복한지 모릅니다.

2002. 8. 박광서 서강대 물리학과 교수

삶이 깃발인 사람이 있다

삶이 깃발인 사람이 있다.

진리 실험의 치열한 걸음이 새벽길인 사람이 있다.

그는 하나의 시선에 멈추지 않는다.

하나 속에서 전체를 보고 전체 속에 또한

살아있는 하나를 본다.

앞뒤 막힘 없는 그 흐름은 양극단 어디에도

치우치지 않은, 긴장된 떨림의 삶이 있기에 가능하리라.

아니 나날의 격무와 슬픔과 분노 속에서도

성찰의 눈동자를 잃지 않는,

깨어 있는 수행자이기에 가능하리라.

법륜 스님의 꿈, 그대와 나의 진실한 꿈, 우리 모두의 간절한 소망,

아아 마음에 사무치면 꽃이 핀다!

2002. 8. 박노해 시인

함께 만들어 가는 새로운 세상

과거는 이미 지나가 버려서 없습니다.

그런데도 과거를 살펴보는 것은 그것이 현재의 삶에 많은 교훈을 주기 때문

입니다.

미래는 아직 오지 않아서 없습니다.

그런데도 미래를 염두에 두는 것은 그것이 곧 현재가 될 것이기 때문입니다.

현재는 순간순간 지나갈 뿐입니다.

그래서 현재에 항상 깨어 있어야 합니다.

여기 실린 글들은 제 좁은 소견으로 개인의 삶과 사회의 변화, 그리고 민족

의 미래와 인류문명에 대해 여러 가지로 살펴본 것들입니다.

함께 만들어 가는 새로운 세상에 작은 보탬이라도 되었으면 합니다.

꿈을 가진 자는 행복합니다.

꿈을 가진 사람들이 함께 하면 더 행복합니다.

그 꿈을 실현하기 위하여 함께 노력하는 삶은 더 없는 기쁨입니다.

2002. 8. 법륜 합장

차   례

정토신서 ⑪

마음의 평화, 자비의 사회화

· 1판 1쇄 / 2002. 9. 11
· **펴낸이** / 김정숙 · **펴낸곳** / 정토출판 · **지은이** / 법륜 · **등록번호** / 제 22-1008호 · **등록일자** / 1996. 5. 17
· **주소** / 서울특별시 서초구 서초 3동 1585-16(우)137-875 · **전화** / 02)587-8992 · **전송** / 02)587-8998
· **인터넷** / http://www.jungto.org/home/book · **E-mail** / book@jungto.org

ⓒ 2002. 정토출판

값 9,000원

ISBN 89-85961-37-3 03800

아름다운 평화

서로가 다름을 인정하고 상대를 존중하면서 서로가 하나임을 자각할 때
가장 위대한 평화, 가장 아름다운 평화가 이루어진다.
이것이 바로 불교적인 관점에서 말하는 평화이다.
세상에서 말하는 평화는 좀 다르다.
외부적으로 다른 사람을 적으로 만들고, 내부적으로는 그릇된 '하나'를 강요함으로써
다른 사람을 억압한다. 그러면서 이것을 평화라고 생각한다.

🌱 사람들은 왜 평화롭지 못한가?

평화의 반대 개념은 갈등, 불화, 투쟁, 전쟁이다. 도대체 왜 이런 것들이 생기는 것일까? 하나는 서로 다르다고 생각하기 때문이고, 다른 하나는 서로 같다고 생각하기 때문이다.

한국과 일본이 싸우는 것은 '너는 너고, 나는 나다.'라는 식으로 서로 다르다고 생각하기 때문에 싸우는 셈이다. 남북한이 싸우는 것은 '우리는 한민족이니 하나가 되어야 하는데 너는 왜 딴 살림 차리느냐?'라고 생각하기 때문이다. 이것은 같아야 한다고 생각하기 때문에 싸우는 것이다. '모든 존재는 각각 다르다.'라고 보는 사고방식, '모든 것은 하나로 같다.'라고 보는 사고방식, 이 두 가지의 사고방식이 공존하고 있다.

'우리는 서로 아무 관계가 없는 개별적 존재이다. 그러므로 내가 살려면 너를 죽여야 하고 내가 이기려면 너는 져야 한다. 내가 이익을 보기 위해서는 네가 손해를 봐야 한다.'라는 생각은 개개인을 서로 다른 별개의 존재라고 인식할 때 갖게 되는 관점인데, 이런 관점에서 볼 때 사회는 각자 다른 개인이 모여 서로 경쟁하는 울타리가 되기 때문에 홉스의 말대로 사회는 만인에 대한 만인의 투쟁 장소이다. 내가 다른 이를 짓밟고 올라서는 것이 합리화된다. 이것을 두고 약육강식, 적자생존이라고 말하며, 흔히들 이것이 세상의 원리라고 한다. 그러나 이러한 삶의 태도는 모든 관계를 경쟁의 관계로 만들고, 사람들로 하여금 승리만을 목표로 삼게 한다. 그래서 갈등과 투쟁을 불러일으킨다.

이와 정반대인 사고방식이 '우리는 다 하나로서 같다.' 라는 것이다. '부부는 일심동체이다. 그런데 너는 왜 나를 두고 다른 사람을 쳐다보는가? 너는 왜 나와 다른 짓을 하는가? 너는 왜 나와 다른 마음을 먹는가? 너는 왜 나와 다른 생각을 하는가? 라는 식으로 상대방에 대한 이해가 결여된 채, 자기 식대로 하나되는 이 관점 역시 필연적으로 갈등과 투쟁을 낳을 수밖에 없다. 또 하나의 극단인 것이다.

 다름을 인정한 하나, 하나임을 자각한 다름

그렇다면 모든 존재는 서로 같은 것일까, 서로 다른 것일까? 존재는 총체적 하나일까, 아니면 낱낱이 독립된 개별적 존재일까? 불교에서는 이 질문에 대해 불일불이(不一不異)라고 대답한다. 같은 것도 아니고, 다른 것도 아니라는 뜻이다. 이렇게 이야기하면 사람들은 당연히 혼란스러워한다. 같으면 같고 다르면 다른 것이지, 같은 것도 아니고 다른 것도 아니라면 도대체 무엇이라는 말인가? 그러나 바로 이 속에 평화의 원리, 공존의 원리, 화합의 원리가 들어 있다.

콩을 콩끼리 비교하면 서로 다 다르다. 그러나 콩과 팥을 놓고 비교하면 서로 다른 콩이라도 모두 같은 콩이 된다. 콩과 팥을 채소와 비교하면 콩과 팥은 같은 곡식이 된다. 콩, 팥, 채소를 옷과 비교하면 콩, 팥, 채소는 같은 음식류가 된다. 상황에 따라서 같기도 하고 다르기도 하다. 하지만 그 존재 자체는 같다고 할 수도 없고, 다르다고 할 수도 없다. 즉, 같은 것도 아니고 다른 것도 아니다(不一不異).

나와 너는 같은 것도 아니고 다른 것도 아니다. 나와 네가 다르다고 할 때, 다른 것만 있는 것이 아니라 같은 것도 있다. 나와 네가 같다고 할 때도 같은 것만 있는 것이 아니라 다른 것도 있다. 그러므로 기준이 무엇인가가 중요하다. 눈의 모양을 비교할 때는 네 눈과 내 눈은 서로 다르다. 그러나 눈의 개수를 비교할 때는 너도 두 개고 나도 두 개로 서로 같다. 따라서 어떤 조건에 놓이느냐, 어떤 관점에서 바라보느냐에 따라서 같다고도 할 수 있고 다르다고도 할 수 있는 것이다.

불교에서는 서로 다름을 인식하고 인정해야 한다고 말한다. 이때의 다름은 '너와 나는 무관한 존재이다.' 라는 뜻이 아니다. '너와 나는 무관하다. 너와 나는 상관없는 개별적 존재이다.' 라고 할 때의 다름은 갈등과 분쟁을 낳는 다름이지만, 나와 다른 생각, 다른 경험, 다른 조건의 삶을 살고 있는 상대방을 이해하는 다름은 화해와 공존을 낳는 다름이다. 사물과 인간의 다양성을 인정하지 못하기 때문에 생기는 불화나 갈등의 문제는 바로 이 다름을 인정함으로써 해결할 수 있다. 우리는 서로 생긴 것도 다르고, 생각도 다르고, 취미도 다르고, 느낌도 다르다. 이것을 인정하는 것이 바로 상대방을 존중하는 길이고, 나 자신의 좁은 시야에서 벗어나 사물과 세계를 총체적으로 볼 수 있는 길이다.

'나는 이렇게 생각하지만 너는 그렇게 생각하는구나. 그렇게도 생각할 수 있겠구나. 나는 이것을 좋아하지만 너는 그것을 좋아하는구나. 좋아하는 것이 서로 다른 것은 당연하다.' 이렇게 받아들이면 어떤 불화나 갈등도 생기지 않는다. 다른 것을 다르다고 인정하지 않을 때 갈등이 생긴다. 현실에서는 분명 서로가 다른데, 머릿속의 관념에서는 서로 같다고 착각하기 때문에 갈등이 생긴다.

'하나'의 문제도 잘 이해해야만 한다. '우리 모두가 연관된 하나이다.'라는 것은 다름을 인정하지 않는 무조건적 '하나'가 아니라 서로의 다름을 인정한 바탕 위에 성립하는 상생적 '하나'를 뜻하는 것이다. 즉, 별개의 다름이 아니라 연관되어 있는 '하나'라는 의미이다. 그런데 '하나'라는 말을 편협하게 이해하여 '모든 것이 똑같은 한 덩어리'라는 식으로 받아들이면 반드시 싸우게 되어 있다.

'나는 너를 좋아하고 너도 나를 좋아한다. 그래서 우리는 결혼했다. 그러니 우리는 생각도 같아야 하고 식습관도 같아야 한다. 부부는 일심동체이기 때문이다.' 이런 생각을 하고 있다면 상대방에게서 나와 다른 점이 발견되는 순간 그것을 참기가 아주 어려워진다.

'나는 아침에 밥 먹는 것을 좋아하는데 너는 빵 먹는 것을 좋아한다. 나는 일요일에는 쉬는 것이 좋은데 너는 놀러가는 것을 좋아한다. 나와 너는 서로 너무 다르다.' 이렇게 자신과 다른 것을 '옳지 않다.'고 생각하면 관계에 벽이 생긴다. 그러면 '성격도 다르고 취미도 다르다. 도무지 같은 것이라고는 하나도 없다. 우리는 헤어질 수밖에 없다.' 라는 결론밖에 나올 것이 없다. 사태가 이 지경에 이르면 언어나 폭력으로 서로 싸우면서 서로를 해치는 것도 마다하지 않는다. 그러나 때려 봐야 자기 마누라고, 긁어 봐야 자기 남편이다. 또 부숴 봐야 자기 살림이다.

이런 일들은 '하나'의 진정한 의미를 이해하지 못하기 때문에 생겨난다. 하나라는 것은 독립된 존재가 유기적으로 연관되어 있다는 뜻이다. 하나라고 해서 무조건 처음부터 끝까지 모두 같아야 한다고 생각한다면 그것은 참으로 어리석은 생각에서 비롯된 오류이다. 사람들은 이 명백한 오류를 생활 속에서, 삶 속에서 무수히 되풀이한다. 그래서 개인 단위에서, 사회 단위에서, 역사 단위에서, 세계 단위에서 끊임없는 갈등을 만들어 낸다.

한 개의 손으로 연결되어 있는 다섯 개의 손가락은 모두 다 제각각으로 생겼고 각각의 역할도 조금씩 다르다. 한몸을 이루고 있는 손과 발도 마찬가지다. 각각 서로 다르지만 별개가 아니라 하나로 연관되어 있고 하나라고 하지만 단일의 하나가 아니라 서로 다른 여럿이 연관되어 있는 하나이다. 우리는 이것을 깨달아야 한다. 다름을 인정한 하나, 하나임을 자각한 다름 즉, 불일불이(不一不異)의 세계관을 이해하고 몸으로 실천해 나갈 때 우리는 진정으로 하나되는 삶을 살 수 있다. 서로가 다름을 인정하고 상대를 존중하면서 서로가 하나임을 자각할 때 가장 위대한 평화, 가장 아름다운 평화가 이루어진다. 이것이 바로 불교적인 관점에서 말하는 평화이다.

화해와 협력을 기초로 한 통일

세상에서 말하는 평화는 좀 다르다. 일본과 우리나라는 다르기 때문에 일본이 망하면 평화가 올 것이라고 생각하는 사람들이 있다. 또 단일민족인 우리는 민족이라는 '하나' 의 틀 안에서 좋은 종의 역할을 잘 하고 양반은 양반의 역할을 잘 하면 평화롭게 살 수 있으리라고 생각하는 사람도 있다. 종이 세습되는 신분의 괴로움을 호소하며 이에 저항하면 양반들은 '하나' 를 파괴하는 것으로 여겨 종을 억압한다. 이와 같이 외부적으로는 다른 사람을 적으로 만들고, 내부적으로는 그릇된 '하나' 를 강요함으로써 다른 사람을 억압한다. 그러면서 이것을 평화라고 생각한다.

불교적인 관점에서 볼 때 이것은 갈등과 불화와 투쟁과 전쟁을 낳는 화근일 뿐 결코 평화가 될 수 없다. '진정한 의미에서의 다름과 하나' 를 깊이 이해하고 그 가치를 삶 속에서 실천할 때 비로소 평화는 찾아온다.

민족 사이의 문제도 이런 관점에서 풀어야 한다. 각각의 독립성을 인정하되, 우리가 공존한다는 것을 이해하고 서로에게 이익이 될 수 있도록 협력해야 한다. 그러나 우리는 그렇게 하지 못하고 있다. 그렇기 때문에 남북 문제도 풀기가 어렵다. 남북관계를 생각할 때 우리는 과연 어떻게 생각하는가? "우리는 한민족이다. 그러므로 우리는 하나가 되어야 한다." 라고 아주 쉽게 말하지만 이 말이 반드시 옳은 것은 아니다. 현실적으로 남북의 두 체제는 엄연히 대립적으로 존재하고 있다. 두 체제가 하나로 되려면 하나가 다른 하나에 흡수되어야 한다. 통일은 궁극에 어느 한 쪽의 흡수를 전제로 하고 있는 것이다. 그러나 둘 다 흡수되기를 싫어하기 때문에 서로 싸운다. 그래서 지난 50년 동안 남쪽은 승공통일을 주장하고, 북쪽은 적화통일을 부르짖으며 대립했다. 이제는 조금 달라졌다. 각자의 체제를 인정하자는 목소리가 나오고 있다.

하지만 이것을 잘못 이해하면 영구분단론이 되어 버린다. 지난 시대에 있어 영구분단론의 올가미는 참으로 무서운 것이었다. 북한 체제를 인정한 남한 사람도 사형을 당했고, 남한 체제를 인정한 북한 사람도 사형을 당했다. 다른 체제를 인정하면 영구분단으로 직결된다고 생각했기 때문이었다. 그런 사람은 반통일론자로 낙인 찍혔다. 그런 맥락에서 따지자면 지금 김대중 대통령과 김정일 국방위원장은 영구분단을 획책하고 있는 셈이다. 서로 각자의 체제를 인정하자고 말했기 때문이다. 하지만 서로 상대를 인정한다고 해서 영구히 따로 살자는 것은 결코 아니다. 체제를 인정하고 상호 존중하면 불화가 해소될 것이고, 그렇게 되면 화해와 협력은 저절로 다가올 것이다. 이러한 화해와 협력을 기초로 해서 통일로 나아가야 한다. 그러므로 서로의 체제를 인정하는 것은 영구분단의 길로 가는 것이 아니라 바로 통일로 가는 것이다. 지금은 서로 상대방을 인정하고 화해와 협력을 해야 할 때이다. 지금 단계에서 무조건적으로 하는 통일은 흡수통일, 또는 적화통일이라는 극단의 길밖에는 없다. 그것은 또 다른 전쟁의 비극을 초래할 위험이 있다.

서로의 체제를 인정함으로써 각자 다른 살림을 살자고 하면 영구분단이 되겠지만, 서로의 체제를 존중하고 화해하고 협력하자고 하면 그것은 통일로 나아가는 지름길이 될 것이다. 지금은 무엇보다도 화해와 협력을 중요시해야 하는 때이다. 이렇게 할 때 통일은 저절로 온다. 이것이 바로 서로 다름을 인정하고 상호 협력함으로써 하나로 나아가는 길이다.

갈등과 분쟁의 여러 모습들

세계 전체로 시야를 확대해 보아도 마찬가지다. 사람들은 피부색이 검기도 하고 희기도 하며 누렇기도 하다는 것을 서로 인정해야 한다. 그런데 서로의 차이를 인정하지 않고 서로를 차별하여 '흰 것은 좋고 검은 것은 나쁘다. 그러므로 흰 것은 귀하고 검은 것은 천하다.'라고 생각했다. 그래서 인종갈등이 생겼다. 피부색이 검다는 이유 하나로 식당에도 못 가고, 학교도 못 가며, 심지어는 짐승 취급을 당하는 노예가 되기도 했다.

민족이나 종족의 갈등도 서로 다름을 인정하지 않기 때문에 생긴다. 큰 민족은 작은 민족을 지배하려 하고 작은 민족은 독립하려고 한다. 어느 민족이 자기네 민족은 우수하기 때문에 다른 민족을 지배해야 한다고 생각하면, 다른 민족은 반드시 그에 반발하게 되어 있기 때문에 민족 사이에 갈등이 생기지 않을 수 없다.

다름을 인정하지 않기 때문에 생기는 갈등과 마찬가지로, 하나 속에서 억압하기 때문에 생기는 갈등도 있다. 사회주의라는 체제, 연방이라는 체제 안에서 다른 계급을, 다른 민족을 억압하는 것이 그 예이다. 중국이라는 국가 체제 안에서 소수민족들을 존중하지 않고 억압하려고 한다면 당연히 소수민족들이 반발할 것이다. 소비에트 연방도 소수민족이나 특정 종교를 억압했기 때문에 해체될 수밖에 없었다.

인종, 민족, 종교, 계급, 남녀 문제는 세계적으로 가장 갈등이 많은 문제들이다. 이 복잡하고 거대한 문제의 본질은 아주 단순하다. 서로가 다르다는 것을 인정하지 못하고, 서로가 한몸이라는 것을 깨닫지 못하기 때문에 생긴 문제들이다. 이런 무지의 상태에서는, 피해자는 상처 때문에 사소한 일에 극단적으로 반응하고, 가해자는 무감각해서 사태의 본질을 이해하지 못한다. 예를 들면 일본 사람들은 일제시대에 자기들이 한국에 다리도 놓아 주고, 학교도 많이 지어 줬으며, 철도도 놓아 주어서 한국 사람에게 도움이 되었다고 생각한다. 그것은 사실이다. 하지만 그것은 엄밀히 말해 일본이 해 준 것이 아니다. 한국 노동자들이 한국에서 생산되는 재료를 갖고 했기 때문이다. 그런데 일본인들은 자기들이 들어오기 전에는 그런 근대적 시설물들이 없었기 때문에 결과적으로 자기들이 한 것이라고 한다. 그러나 피해자인 우리는 어떻게 생각하는가? '도대체 우리나라 여자들을 얼마나 많이 정신대로 끌고 갔으며, 노동자들을 얼마나 많이 탄광촌으로 끌고 갔는가? 세금을 도대체 얼마나 많이 걷어 갔으며, 다리와 철도를 놓는다고 또 얼마나 많은 사람에게 부역을 시켰는가? 우리가 생산한 쌀은 또 얼마나 많이 가져갔는가?' 이런 생각을 하면서 분개한다. 가해자들은 자기들이 많은 것을 해줬다는 생각만 할 뿐 어떤 피해를 줬는지조차 잘 모르고, 피해자는 '그렇게 못된 짓을 많이 하고도 아직도 사죄하지 않고 그 따위 소리나 한다.' 라며 분노한다.

우리는 다른 민족과 갈등을 겪은 적도 있고, 민족 내부에서 좌우의 이념 차이로 전쟁을 겪기도 했지만 인종적으로 갈등을 겪은 적은 없다. 그래서 인종문제에 대해서는 조금 둔한 편이다. 그러나 미국에 이민을 간 한국 사람들은 인종문제로 아주 큰 갈등을 겪고 있다. 그들은 백인에게는 멸시받고, 반면에 흑인이나 스페인계 사람들은 멸시한다. 미국 전체로 볼 때는 멸시받는 인종에 속하지만 한국 사람들이 주로 흑인이나 스페인계 사람들을 상대로 생활하기 때문에 가해자에 속하는 경우도 많다. 한국 사람들이 백인 사장 밑에서 종업원으로 일하는 경우는 별로 없고, 흑인이나 스페인계 사람들을 종업원으로 고용한 경우는 아주 많기 때문이다. 그래서 미국 내 소수민족이지만 실제 삶 속에서는 인종차별을 하는 쪽이다. 한국 사람은 미국에서 인종차별을 가장 심하게 하는 민족에 속한다고 한다. 그렇기 때문에 LA 흑인폭동이 일어났을 때 한국 사람들이 가장 큰 손해를 입었던 것이다.

이런 인종차별문제는 이제 국내에서도 불거지고 있다. 외국인 노동자 대우문제이다. 세계적으로 외국인 노동자들을 가장 많이 학대하고 차별하는 사람들이 한국 사람들이라고 한다. 한국 사람들은 한 울타리 안에서 다른 민족이나 인종과 공존한 경험이 없고, 주위에 있는 다른 민족 즉, 중국이나 일본이나 몽고한테 침략당한 경험이 많다. 그래서 우리 민족은 피해의식이 몸에 배어 있다. 역설적이지만 피해자는 가해자로 변하기 쉽다. 이제 우리 민족도 가해자의 일면을 갖게 되었지만, 과거 일본이 그랬듯이 우리 또한 가해자로서 무감각하다.

배타적 태도에서 비롯된 충돌들

남녀 문제도 마찬가지다. 여자를 만져 놓고도 뭐가 잘못됐는지 모르겠다고 말하는 남자도 있다. 잘못한 사람은 무엇이 잘못되었는지를 모르고, 당한 사람은 그런 흉칙한 성추행을 해 놓고도 뻔뻔스럽게 오리발만 내민다고 야단이다. 옛날에는 사회가 가해자인 남성 편이어서 피해자가 억울하고 분한 경우가 많았는데, 요즘은 피해자 편으로 너무 기울어 있어서 진짜 피해를 본 것인지 피해의식이 지나친 여성들이 과잉반응을 하는 것인지 구분이 안 될 정도이다. 그래서 현대에는 역성차별문제가 생겨나기도 한다. 옛날에는 여자가 아무리 뛰어나도 과거를 볼 자격이 없었다. 요즘은 오히려 여성이 가산점을 받는다든지, 입사시험에서 할당제에 의해 우대를 받는 경우도 있다. 능력이 좀 모자라도 여성이라는 이유로 우대를 받는 것이다.

미국에서는 단지 흑인이라는 이유로 받는 차별이나 불이익을 없애자는 취지에서 실행한 흑인우대정책이 역인종차별이 되고 있다. 예전에는 똑같은 점수를 받았는데도 흑인이라는 이유로 탈락시켜 버리는 것이 문제가 되었다. 이제는 점수가 좀 낮아도 흑인이라는 이유로 대학시험, 공무원시험, 의사시험에 합격하는 일들이 생겨났다.

남한은 일제의 잔재를 청산하지 않아서 문제가 되고 있지만 북한은 일제시대에 지주계급이었거나 일본의 관리였던 사람들의 기득권을 다 박탈해서 문제가 되었다. 북한은 그들을 사회의 최하층 신분으로 만들어 놓고, 그 자손까지도 차별하여 당원될 자격을 박탈했다. 이것도 차별의 한 종류라고 볼 수 있다. 자손들은 자기 아버지가 일제시대에 무엇을 했는지 알지 못하고 태어났다. 아버지가 일제시대에 관리를 했다는 이유로 차별을 받는다니, 억울한 일일 수밖에 없다. 이것은 신분제사회에서 종의 자식이 받는 차별과 속성상 같은 것이다. 북한이 일제의 잔재를 청산하고 지주계급을 철폐했다고 하지만 사실은 봉건적 잔재가 숨어 있는 역신분차별을 하는 것이다. 일제시대 관리의 자식들은 최하층 노동자가 되었고, 노동자의 자식들은 간부가 되었다. 노동자 해방을 부르짖었지만 노동자가 주인인 세상이 아니라 간부가 주인이 된 세상을 만들어 놓은 것이다. 아버지를 잘못 만난 죄밖에 없는 현재의 노동자들은 노동자의 천국에서 아무런 혜택을 받지 못하고 오히려 차별받고 있다.

중세 서양에서는 기독교를 믿지 않는다는 이유로 많은 사람들이 차별 받았고 가혹한 탄압을 받기도 했다. 기독교도가 점령한 나라에서 기독교를 믿지 않으면 미개인 취급을 당했다. 그리스에 여자만 성직자가 될 수 있는 종교단체가 있었는데, 기독교도들은 이들을 마녀라고 몰아붙여 엄청나게 많이 화형시켰다. 기독교가 아닌 모든 것을 없애 버리고 자기식대로 '하나'가 되어야 한다는 것이었다.

기독교뿐만 아니라 회교도 유일신을 믿는 종교이기 때문에 다른 종교를 인정하지 않는다. 불교는 이와 달리 다름과 다양성을 인정하기 때문에 갈등이 일어나면 상대에게 양보하고 공존의 길을 걸었다. 때로는 저항없이 멸망하기도 했다. 인도에서 불교가 사라질 때도 그랬고, 우리나라에서도 유교에 일방적으로 당해서 500년 동안이나 탄압받았고, 근대에 와서는 사회주의 국가에서 탄압받고 손해를 많이 입었다. 몽골에서는 '간단사'라는 절 하나만 남겨 놓고 다 없애 버렸다. 이렇게 불교는 탄압받은 역사가 많다. 그러나 피해의식은 적다. 하지만 다름을 인정하지 않는 기독교는 손해를 많이 주었으면서도 피해의식이 많은 순교의 종교이다. 이런 종교 갈등은 크게는 문화와 문화 사이의 갈등이라고 할 수 있다. 자기 문화가 아닌 것은 배타하는 태도에서 비롯된 갈등이다.

무엇이 평화운동인가?

　피부색이 검다는 이유로, 약소민족 출신이라는 이유로, 종교와 문화가 다르다는 이유로, 계급이 낮다는 이유로, 여자라는 이유로 차별받는 것은 개인 차원에서 보면 인권침해이고, 집단적으로 보았을 때는 박해이기 때문에 갈등과 분쟁의 원인이 된다. 또한 너무 소수라 세력이 미미해서 대항을 못 하고 일방적으로 당하면 인권침해가 되고, 차별받는 사람들이 세력을 모아 대응하면 분쟁이 된다.

　그러므로 분쟁이 없다고 해서 평화가 이루어졌다고 말할 수는 없다. 보통은 가시적인 분쟁이 없으면 평화스럽다고 말한다. 그러나 인권침해가 있으면 평화라고 할 수 없다. 차별이 있는 한 평화라고 할 수 없다. 폭압에 의해서도 얼마든지 형식적인 평화는 유지될 수 있다. 차별과 모순이 있다면 비록 분쟁이 발생하지 않더라도 갈등이 있다고 보아야 한다. 진정한 평화는 어떤 인권침해도, 분쟁도 없어야 이루어지는 것이다.

　우리가 이런 차별을 없애고 주종관계에서 평등관계로, 상대를 인정하지 않는 관계에서 인정하는 관계로 전환하면 서로 돕는 관계, 좋은 벗들의 관계로 나아갈 수 있다. 그렇게 조화와 균형을 이루어 나가는 것이 바로 평화운동이다.

　보통 평화를 이야기할 때에는 인간관계에 국한하여 말한다. 하지만 오늘날의 갈등에는 인간관계뿐만 아니라 자연과의 갈등도 포함된다. 이것을 환경문제라고 한다. 단순한 환경 차원의 문제라기보다는 인간과 자연의 공존문제로 보아서, 서로 다름을 알고 인정하는 길, 서로 하나임을 알고 상생하는 길을 모색해야 한다. 과거에는 사람들에게 피해가 오기 때문에 환경문제를 제기했지만, 앞으로는 사람들에게 피해가 되든 안 되든 다른 생명들에게 피해가 된다면 문제가 제기될 것이다. 인간의 의식 범위가 그만큼 확대되고 있다.

인간과 자연 사이의 평화, 인간과 인간 사이의 평화문제를 불교적 입장에서 살펴보면, 무엇보다도 우리가 연기적 세계관에 입각해서 세계를 바라보아야만 평화와 공존의 삶을 이끌어 낼 수 있다는 것을 알 수 있다. 연기적 세계관이란 모든 것들이 서로 연관되어 있다는 것을 의미한다. 우리는 서로가 연관된 하나이기 때문에 하나가 다른 하나를 해치면 자기를 해치는 결과를 낳는다. 손과 발은 따로따로 존재하는 것이 아니다. 한몸으로 이어져 손은 발을 씻어 주고 발은 손을 이동시켜 준다. 이렇게 인간과 인간, 인간과 자연을 연기적 관계로 파악해야 한다. 그것이 만물의 존재 원리다.

인권침해문제를 좀더 살펴보자. 옛날에는 어리다는 이유만으로 사람을 무시하기도 했다. 어리다고 무시해서는 안 되고, 어리다고 부당하게 대우해서도 안 된다는 것이 어린이 인권보호론이다. '돌보지 않으려면 낳지 말고, 낳았거든 세 살까지는 정성을 다해 돌보아야 한다.' 라는 것이 정토회의 입장이다. 그래서 정토회의 한 실무자가 아이를 낳고 일 년이 지났을 때 복귀하려고 했지만 우리는 그것을 허락하지 않았다. 아이는 최소한 세 살까지는 부모 밑에서 따뜻한 보살핌을 받으며 자랄 권리가 있기 때문이다. 다만 아이는 말을 할 수 없기 때문에 자기 권리 주장을 못 할 뿐이다. 의사 표현을 하지 못하는 아주 작은 아기까지도 인간으로서 동등하게 존중해야 한다. 이런 인식이 보편화될 때 삶의 곳곳에서 인간을 존중하는 마음이 뿌리내릴 수 있을 것이다.

늙었다는 이유로 외면당할 때 이것도 역시 인권문제가 된다. 외국인 노동자라고 해서 다쳤는데 치료를 받지 못하거나, 월급을 받지 못하는 것도 모두 인권침해에 해당한다. 옛날에는 여자가 결혼하면 직장을 그만두어야 했다. 남자는 아버지인 동시에 직장인이고 남편일 수 있었지만, 여자는 어머니가 되려면 어머니만 되고, 직장인이 되려면 직장인만 되어야 하는, 오로지 한 가지의 선택만 강요 받았던 것이다. 이것도 인권침해에 해당한다. 장애인은 장애인이라는 이유로 취직도 어렵고 결혼도 어렵다. 이것도 인권침해이다. 아직도 해결이 안 되고 있는 것이 동성애자에 대한 인권침해문제이다. 동성애자의 삶은 그들 스스로가 선택한 것이라기보다는 선천적인 것으로서 본인들도 어쩔 수 없는 부분이다. 그런데도 동성애자라는 이유만으로 완전히 별종의 인간 취급을 받는다. 그들은 자신의 감정을 숨기고, 고통스럽게 숨어 산다. 어느 정도 논란이 있겠지만 사형제도도 인권침해에 해당한다. 이런 문제들은 우리가 깊은 관심을 갖고 하나씩 해결해야 할 문제들이다.

이 모든 것이 평화와 인권의 문제에 해당한다. 한 인간이 피부색, 민족,

신앙, 성, 출신성분, 신체장애, 취미나 취향 따위의 이유로 차별받는다면 이것은 다 인권침해에 속한다. 사회적 약자 계층에 이런 경우가 있다면 분명히 개선해야 한다. 이런 문제가 집단화하면 커다란 분쟁과 혼란이 생기고 불화가 생겨난다. 이런 일들이 일어나지 않도록 미리 살피고 작은 일부터 하나씩 해결해 나가고자 하는 것이 평화인권운동이다.

🌱 한국적 특수 상황에서의 평화운동

오늘날 한국에서 평화운동의 과제는 무엇일까? 우선적으로 남북한의 이념적인 갈등을 해소하는 것이다. 우리는 현재 휴전상태에 있다. 정치적으로 말하면 이러한 휴전협정을 평화협정으로 바꾸는 것이 평화운동이라고 할 수 있다. 본래 휴전협정은 북한과 미국 사이에 이루어진 것이다. 그렇기 때문에 엄밀히 따지자면 북한과 미국이 먼저 평화협정을 맺어야 한다. 그러나 현재는 남한이 분쟁 당사자의 한쪽이기 때문에 남북한이 평화협정을 맺어도 된다. 북한이 양보하면 남북간 평화협정이 되고, 남한이 양보를 하면 북미간 평화협정이 될 것이다. 이렇게 생각하면 비교적 간단한 일일 수도 있다.

그런데 문제가 간단치 않은 것은 미국 때문이다. 평화협정을 맺으면 전쟁이 완전 종결되기 때문에 당연히 주한 미군은 철수해야 한다. 하지만 전

세계적인 패권을 유지하고자 하는 미국은 동북아의 거점인 한반도에서 쉽게 철수하려 하지 않는다. 그래서 미국은 북한의 핵과 미사일을 문제삼아 한반도에 계속 주둔하려 하고 있다.

그러나 어떤 나라든 독립국가인 이상 핵을 보유하고, 미사일을 개발하고, 판매할 자유가 있다. 그런데 먼저 개발을 마친 강대국들은 다른 약소국가가 핵이나 미사일을 개발하는 것을 막고 있다. 그것이 바로 핵확산금지조약이다. 여기에 인도, 파키스탄, 이스라엘, 북한은 가입하지 않았다. 우리는 북한이 핵확산금지조약에 가입하지 않았다고 비난하지만 핵확산금지조약에는 강대국들의 이런 논리가 숨어 있다는 것을 지나치고 있다.

미국은 우리나라에 미사일을 팔려고 우리에게 온갖 압력을 넣고 있다. 그러면서 북한이 미사일을 만들어서 다른 나라에 파는 것은 막고 있다. 핵과 미사일 만드는 것을 반대하는 것은 도덕적으로 분명 옳은 일이다. 그러나 독립된 국가 사이에서는 어느 나라도 다른 나라에 대해서 그것을 억제하거나 제재할 권리가 없다. 우리가 남북한 사이의 정치적인 평화문제를 해결해 나갈 때에 이런 측면을 분명히 이해해야만 한다.

남북간에 평화협정을 맺으면 미군은 철수해야 한다. 철수하지 않겠다면 최소한도로 감축하고, 지위변경을 해서 당분간만 주둔해야 한다. 그렇게 되면 미국은 한국에 전투기와 미사일을 팔기 어렵다. 그래서 미국은 한국에 무기를 팔 만큼 판 뒤에 평화협정을 맺을 속셈이다. 잔뜩 무기를 구입한 뒤에 평화협정을 맺는다면, 우리는 그 어마어마한 양의 무기를 도대체 어디에 쓰겠는가?

　남북 정상회담을 하고 남북간 교류가 비교적 활발해졌지만 현실적으로 남북간 적대상황이 엄연한데 북한에게는 미사일을 개발하지 마라 하고, 남한은 전투기를 10조 원어치나 구입하는 등 무기 구입에 40조 원을 들인 다면 그것이 과연 먹혀들 이야기일까? 북한으로서는 인민들이 다 굶어 죽든 어떻든 무기를 자꾸 만들 수밖에 없다. 남한이 전투력을 강화하는 데에서 오는 군사적 압박을 이겨내기 어렵기 때문이다.

　북한이 무기를 만들고, 기름이 없는데도 군사훈련을 하니 미군 사령관은 작년보다 북한의 군사력이 증강되었다고 말했다. 군사력이 작년보다 증강되었다는 말은 북한 경제가 작년보다 좋아졌다는 말과 똑같다. 하지만 과연 그것을 좋아진 것으로 보아야 할까? 굶어 죽다가 이제 겨우 안 굶어 죽게 되었다고 해서 '좋아졌다.' 라는 말을 쓸 수가 있는 것일까? 북한의 식량난이 해결됐다고 하는 말도 마찬가지다. 엄청난 숫자의 사람들이 굶어 죽다가 이제 굶어 죽는 지경을 좀 면하게 되자 사람들은 바로 식량난이 해결되었다고 말한다. 그러나 그것은 해결된 것이 아니다.

　현재의 북한 경제를 과거와 비교하면 여전히 최악의 상황이라고 해야 옳은데, 불과 2, 3년 전과 비교해서 '향상되었다.', '플러스 성장을 했다.' 라고들 한다. 십만 원을 갖고 사업을 시작했다가 다 까먹고 천 원이 남았는데, 그 후 천 원을 벌어서 이천 원이 되었다면 사업이 성공한 것이라고 말할 수 있을까? 이런 부분에서 사람들은 북한의 현 상황에 대해 오해를 많이 하고, 또 어떤 사람들은 오해를 부추기고 있다.

아직도 북한의 실정은 아주 어렵다. 우리는 이러한 속사정을 제대로 알고서 평화협정을 맺고 공존으로 나아가야 한다. 그러려면 가장 먼저 군비축소를 해야 한다. 이것이 최대의 당면과제이다. 그런데 남한이 미국에게서 무기를 사들인다면 평화의 진전에 큰 걸림돌이 된다. 무기를 팔아먹기 위해 혈안이 되어 있는 미국은 그렇다고 치고, 눈치 보며 망설이고 있는 한국정부나 미국에 잘 보여서 다음 정권을 잡으려고 하는 야당은 모두 반성해야 한다.

군비축소를 한 다음에 북한의 미사일 개발 중지, 핵확산금지조약 가입이 뒤따라야 한다. 우리도 국가보안법 개폐, 소파법 개정, 미군 지위변동이나 철수를 이루어야만 한다. 이런 것들이 다 우리에게 필요한 평화운동이라고 볼 수 있다. 물론 지금 가장 중요하고 시급한 평화운동은 무기 대량구입 반대운동이다.

평화운동은 개인에게서 시작해서 세계적으로 넓어져야 한다. 기득권자는 기득권을 내놓고, 피해자는 피해의식에서 벗어나 서로 타협하고 화해하며 조화를 이루어야 한다. 그것이 평화를 이루는 가장 좋은 방법이다. 평화란 공존의 상태를 의미한다. 공존이란 두 가지의 바탕 위에 세워지는 튼튼한 집과 같은 것이다. 평화라는 이름의 아름다운 집을 짓기 위해 우리가 다져야 할 두 가지 바탕 가운데 하나는 우리가 '서로 다르다.' 라는 것을 받아들여 서로를 존중하는 것이다. 또 하나는 우리 모두가 연관되어 있는

'하나'라는 것을 깨닫고 그것을 삶의 기본 자세로 삼는 것이다. 우리가 그렇게 할 때 갖가지 갈등과 분쟁, 고통이 사라지고, 남북통일의 물꼬도 비로소 트일 것이다. 그리고 개인도 삶의 새로운 의미를 발견하여 마음의 평화를 얻을 것이다.

통일로 가는 길

타의에 의해 통합된 것은 독립하려 하고 분단된 것은 통합하려는 흐름이 있다.
평화통일이라는 이름을 쓰든 연방제라는 이름을 쓰든 기본적으로 통일은 자기 스타일로 상대를 흡수하는 것이다.
그런데 과연 어느 누가 흡수당하고 싶겠는가?

🌳 사회적 조건과 개인의 운명

우리는 가끔 '어떤 것이 우리들의 삶에 영향을 주는가?', '내 인생을 좌우하는 것은 무엇인가?' 하고 생각해 볼 때가 있다. 이럴 때 우리는 개인의 마음가짐이 무척 중요하다는 것을 알게 된다. 스위스나 스웨덴 같은 나라는 자연환경도 좋고 사회제도도 참 좋은 편이다. 그런데도 세계에서 자살률이 가장 높고, 공원의 쓰레기통에서는 마약을 놓고 나서 버린 주사기가 잔뜩 나온다고 한다. 최근 우리나라에서 문제가 되고 있는 자살동호회도 스웨덴에는 아주 흔하게 있다. 고통 없이 죽는 방법을 나열해 놓은 책이 베스트셀러가 되기도 한다. 이와 같이 아무리 자연환경이 좋고 사회·경제적인 조건이 좋아도 개인이 마음가짐을 잘못 가지면 어떻게 해 볼 도리가 없다. 반대로 자연환경도 아주 나쁘고 경제적인 조건이 열악한데도 열심히 살아서 그 혹독한 조건을 극복해 내고 성인의 길을 가는 사람들도 많다.

하지만 삶에 영향을 주는 것이 개인의 마음가짐만은 아니다. 사회의 시스템, 관습, 제도, 윤리, 도덕과 같이 개인의 삶을 제약하는 요소들도 영향을 준다. 옛날 여성들은 어느 집으로 시집을 가느냐, 어떤 사람에게 시집을 가느냐에 따라서 운명 자체가 달라졌다. 또 노예들은 신분의 제약 때문에 평생을 커다란 절망 속에서 살아야만 했다. 그래서 인간은 사회적 동물이며, 인간의 행복은 사회적인 결과물이라는 사상이 생겨났다. 사회 제도만 바꾸면 즉, 인간을 억압하고 고통스럽게 하는 제도와 관습 따위를 없애 버리면 인간이 다 행복하게 살 수 있다고 믿기 시작했다. 그래서 사회혁명론이 나왔고, 그 가운데 가장 대표적인 것이 사회주의 혁명론이었다.

황폐한 자갈밭에 콩 한 줌을 뿌리면 대개는 죽어 버리지만 그래도 두세 개는 살아남아 싹을 틔우고 열매를 맺기도 한다. 반대로 콩을 아주 기름진 밭에 뿌리면 대개는 잘 자라지만 그래도 죽는 것들이 몇 개쯤 있게 마련이다. 이것을 예로 들면서 '자갈밭에 던져도 살 놈은 산다. 아무리 좋은 데 갖다 뿌려도 죽을 놈은 죽는다. 모든 것은 자기 하기 나름이다.' 라고 개인의 측면만을 강조하는 관점이 있다. 종교는 대개 이런 관점에서 이야기한다.

또 '자갈밭에 뿌린 것은 1,000개 중 3개가 살고, 기름진 밭에 뿌린 것은 1,000개 중 3개가 죽었다. 결국 씨앗의 문제가 아니라 밭의 문제이다.' 라고 사회적 조건을 강조하고 나서는 것이 사회주의 혁명론이다. 두 견해가 서로 대립하기 때문에 역사 속에서 종교는 사회주의 혁명을 부정하고 사회주의 혁명은 종교를 아편이라고 배척해 왔다. 하지만 이 두 가지 견해는 모두 한쪽으로 치우친 것이다.

이제 우리는 치우친 것을 버리고 균형을 되찾아 총체적인 시각으로 사물과 현상을 바라볼 수 있어야 한다. 사회주의는 사회 원리에 대한 분석과 연구는 많이 했지만 개인의 마음이나 의지를 도외시했기 때문에 인간성에 대한 연구가 부족하다. 반면 종교인들은 인간의 내면세계에 대한 통찰력은 뛰어나지만 사회의 시스템이나 원리에 대해서는 잘 모르고 도외시하는 경향이 강하다. 이제 우리는 이 두 가지 측면 모두를 고려하고 통찰해서 전체를 볼 줄 아는 시각을 가져야겠다.

독립과 통일, 그리고 연대

나는 그간 많은 강의를 통해서 불교의 인간관, 불교의 세계관을 설명했다. 그러면서 종교적 입장에서 사람마다 마음가짐을 어떻게 갖느냐에 따라 운명이 달라진다고 이야기했다. 하지만 이번에는 우리 삶의 외부적 조건 즉, 사회 또는 세계라는 이 밭을 어떻게 가꾸어야 우리가 가장 행복할 수 있을 것인가 하는 문제에 대하여 이야기하고 싶다.

인간에게 영향을 주는 외부 조건은 아주 많다. 개개인이 속한 가정, 이웃과 사회는 물론 전지구적 차원의 관습, 가치관, 제도, 자연환경 등등 헤아릴 수 없을 정도이다. 이 가운데 민족이나 국가가 개인에게 끼치는 영향도 무척 크다. 한반도라는 같은 땅덩어리 위에 살고 있지만 북한과 남한의 사람들은 국가 체제가 다르다는 이유 한 가지만으로 상상할 수 없을 정도로 서로 다른 삶을 살고 있다. 북한이 유달리 폐쇄적인 국가라서 그런 것만은 아니다. 중국, 일본도 우리와 삶의 내용이나 형식이 많이 다르기는 마찬가지다.

이렇게 개인의 운명을 좌우할 정도로 영향력이 강한 국가라는 체제는 과연 어떻게 이루어지는 것일까? 언어, 관습, 가치관이 같고 혈연으로 맺어진 집단을 두고 민족이라고 하는데, 대개는 한 민족이 한 국가를 이룬다. 하지만 반드시 그런 것은 아니다. 예를 들어 중국은 56개의 민족이 한 국가를 이루고 있어서 다민족국가이다. 반대로 한 민족이 두 개의 국가를 이룰 때도 있고, 아예 국가를 못 이루고 뿔뿔이 흩어져 있는 경우도 있다. 쿠르드족은 인구가 2천 만이나 되는 큰 민족이지만 자기 나라가 없기 때문에 터키, 시리아, 이라크, 이란, 러시아에 흩어져 살고 있다. 그래서 이란과 이라크가 싸우면 같은 민족끼리 서로 싸우는 일이 벌어진다. 또 민족독립의 관점에서는 같은 민족끼리 힘을 합해서 자기가 살고 있는 국가와 싸워야 한다. 어떤 때는 자기 민족 사람과, 어떤 때는 자기 국가와 싸움을 벌여야 하는 아주 불행한 운명에 처해 있는 것이다. 하지만 쿠르드족 경우는 극히 예외적인 경우이고, 대개의 추세는 일민족 일국가 형태이다. 그 다음으로 보편적인 형태가 다민족 일국가이다. 일민족 이국가 형태는 그렇게 많지 않다. 2차 세계대전 이후의 독일이나 한국, 베트남, 예멘처럼 역사적 변환기에 내전 따위로 인해 임시적으로 발생한 국가 체제에서만 볼 수 있을 뿐이다. 엄밀히 말해 두 개의 국가가 아니라, 한 국가가 분단된 형태에 속한다. 구소련이 해체되면서 15개 국가로 나뉘었지만 이것을 분단이라고 말하는 사람은 아무도 없다. 애초에 서로 다른 민족이 모여 한 국가를 이루고 살다가 독립한 경우이기 때문이다. 이렇게 여러 가지 국가 형태가 있지만 인류 역사를 통해 가장 효율적이고 보편적인 것으로 검증된 것은 한 민족이 한 국가를 형성하는 것이다.

그런데 세계사의 흐름을 살펴보면, 한반도를 제외하고는 분단되었던 모든 국가들이 통일로 가는 길을 밟았다는 것을 알 수 있다. 그것은 일종의 자연스런 흐름, 인류 역사의 보편적 흐름으로 보인다. 지금 현재 시점에서는 우리가 통일을 이루어야만 하는 당위를 발견하기가 어렵다. 통일을 안 하고 더 잘 살 수 있다면 굳이 통일할 필요가 없다. 하지만 세계의 흐름 자체가 한 민족이 한 국가를 이루고 사는 쪽으로 흘러가고 있기 때문에 우리도 그 흐름에서 예외가 되지는 않을 것이다. 한 민족이 한 국가를 이루는 방향으로 흘러가는 것은, 그렇게 되었을 때 가장 효율적으로 민족 전체의 이익을 창출할 수 있기 때문이다.

　이러한 흐름과 함께 또 하나 눈에 띄는 현상은 다민족 국가들이 변한다는 점이다. 지난 역사 속에서 다민족 국가는 힘센 민족이 다른 약소민족 여럿을 복속시킴으로써 이루어져 왔다. 억압에 의한 통일이었던 셈이다. 그런데 그렇게 강제적으로 눌러 놓으면 시간이 흐르면서 자연히 반발하고 독립하고자 하는 힘이 생겨난다. 그것은 일종의 자연적 현상이다. 강제 통합된 각각의 민족이 독립하는 방향으로 흘러가는 것이다. 몽고의 지배를 받던 고려가 독립한 것, 일본의 지배를 받던 대한제국이 독립하려고 애를 썼던 것 역시 본질적으로 자연스러운 것이다. 인류 역사상 여러 민족의 통합은 모두 저항하는 세력을 죽이고 힘에 의해 이루어 낸 통합이었다. 진나라가 6국을 병합한 것도 그렇고 인도에서 마우리아 왕조가 주변 국가를 통합한 것도 마찬가지다. 신라도 마찬가지다. 자기 힘이 부족하자 외세까지 끌어들여서 고구려와 백제를 무너뜨리고 삼국을 통합했다. 그랬기 때문에 신라의 통제권이 약해지자 바로 독립운동이 일어나서 후삼국으로 분열했던 것이다.

이렇게 타의에 의해 통합된 것은 독립하려 하고 분단된 것은 통합하려는 흐름이 있다. 남북한은 하나의 민족이 외세에 의해서 분열된 경우이기 때문에 내부의 인력작용에 의해 하나가 되려는 움직임이 끊임없이 이어지고 있다. 처음에 나뉘어졌을 때에는 외세에 의해서 강제로 떨어졌기 때문에 통합하려고 해도 외세의 힘에 밀려 그렇게 하지 못했다. 그런데 시대가 변하면서 외세가 잡아당기는 힘이 약해지자 당연히 통합의 물결이 거세지게 되었다. 그런데 처음에는 외세에 의해서 분열된 것이었지만, 서로 외세의 앞잡이가 되어서 죽고 죽이며 전쟁까지 하다 보니 미움과 한이 맺혀서 이제는 우리끼리의 싸움이 되어 버렸다. 외세에 의한 민족분단이 민족 내부의 분단으로 되어 버린 것이다. 1970~1980년대에는 외세의 힘이 상당히 느슨해졌는데, 내부의 분단 감정을 이용하여 권력을 유지하려는 무리들이 오히려 분단의 골을 더욱 깊게 팠다.

50년대에 북한은 적화통일, 공산화통일을 주장하며 남한을 장악하려했고, 남한 역시 반공통일, 흡수통일만을 주장했다. 그렇게 서로 평행선만 긋는 꼴이 되자 60년대에는 연방제안이 나왔다. 그러나 평화통일이라는 이름을 쓰든 연방제라는 이름을 쓰든 기본적으로 통일은 자기 스타일로 상대를 흡수하는 것이다. 그런데 과연 어느 누가 흡수 당하고 싶겠는가? 그래서 요즘 남측에서는 흡수통일은 안 하겠다고 말하고 있다. 하지만 인류 역사 속에서 흡수통일이 아닌 통일은 실제로는 없었다. 과거 진나라도 그랬고, 수나라도 그랬고, 인도의 마우리아 왕조도 그랬다. 근래의 동독은 서독에 흡수되었고, 베트남도 북베트남에 흡수되었다. 중국의 홍콩은 좀 특이한 경우인데, 주권은 중국이 갖고 체제는 50년 동안 인정해 주기로 했다. 그러나 이것도 장기적으로 보면 역시 흡수통일이다.

그런데 20세기 말로 접어들면서 국가 체제와 관련해서 이제까지 인류가 경험하지 못했던 현상이 나타났다. 바로 유럽공동체 즉, EU이다. 이들은 현재 각각 독립된 국가를 갖고 있으면서 자발적으로 한 국가인 것처럼 연합하고 있다. 그것이 자신들에게 가장 이롭다는 것을 깨달았기 때문이다. 이런 국가연합은 인류 역사에 전례가 없는 새로운 현상이다. 굳이 있었다면 옛날 신석기시대나 청동기시대의 원시사회에 결혼동맹을 맺어서 하나로 뭉친 예가 있기는 하다. 우리 역사에서도 신라의 경우 6부 촌장이 모여 통합국가를 이루었다든지, 고구려나 부여처럼 다섯 부족이 회의를 통해서 왕을 선출한 경우가 있었다. 우리는 사실 그런 전통을 많이 갖고 있다.

이렇게 인류가 새로운 국가형태를 개발해 냄으로써 우리도 새로운 선택을 하게 되었다. 인류의 역사 속에서 모든 국가들이 그랬던 것처럼 흡수통일의 형태로 통합하는 길 이외에 국가연합이나 연방제 방식을 선택할 수 있게 된 것이다. 사실 이제까지는 남북 모두 흡수통일 외에는 생각해 본 적이 없었다. 오늘날 세계의 흐름은 국가 단위든 민족 단위든 서로 연대하는 쪽으로 가고 있다. 남북한도 더 이상 서로 적대할 명분이 없다. 타민족과도 적대관계를 청산하고 연대로 가는데, 같은 민족일 때는 더 말할 것도 없기 때문이다. 그런데 우리가 과거의 사고방식을 갖고 흡수통일만을 생각하기 때문에 통일을 주장할수록 통일은 오히려 멀어진다. 그 문제를 극복하기 위해서는 남북 모두가 서로의 체제를 인정하고 서로 연대하는 방향으로 가면 오히려 분단의 장벽은 쉽게 무너질 수도 있다.

김대중 대통령의 통일 행보는 일면 '분단 고착화'의 성격을 띠었다. 쉽게 말하면 합의이혼의 절차를 밟았던 셈이다. 과거 50년은 별거상태였기 때문에 상대방에 대한 자신의 권리를 서로 주장해 왔다. 이제 상대방의 독립성을 인정하고 아예 이혼수속을 밟자는 것이다. 서로 다른 사람과 연애도 하고 오고가며 살자는 것이다. 그래서 이제는 다른 나라와 외교관계를 맺도록 서로 지원도 해 주었다. 이것을 나쁘게 말하면 분단 고착화라고 할 수도 있지만 합리적인 시각으로 보면 적대를 청산하는 것이다. 서로를 인정하고 흡수통일할 생각은 더 이상 안 하겠다는 것이다. 그리고 이웃 나라와도 협력하는 판이니 같은 민족끼리 협력하고 공통점을 찾자는 것이다. 그래서 EU처럼 관세의 벽도 허물고, 남한이 일본과 월드컵을 공동개최하듯이 남북한이 공동으로 체육대회에도 출전하고 공동개최도 하면서 서로 화해해 나가자는 것이다. 이런 것들이 바로 새로운 통일론이다. 우리가 이 것을 수용할 수 있다면 남북은 자연스럽게 통일할 수 있고, 민족 모두에게도 이익이 될 것이다. 그렇게 하자면 북한이 체제를 유지할 수 있도록 지원하는 것도 필요하다. 우리가 그렇게 북한을 도와줬는데도 내부적인 자생력이 없어서 무너지면 그때는 흡수통일로 가게 될 것이다. 그러므로 지금 우리가 어느 쪽이 더 좋다고 선택할 필요는 없다. 통일은 민족 전체의 이익을 위해서 나아가는 과정에서 자연스럽게 나타날 수 있는 결과물인 것이다.

현재의 세계적인 흐름은 흡수통일을 피하는 쪽이다. 흡수통일을 고집하면 저항세력을 누르는 데 경비가 더 많이 들기 때문이다. 그리고 힘에 의한 흡수통일의 방식으로 다른 민족이나 다른 국가를 통합하려고 할 때 이제는 자국 내의 NGO라든가 반전 세력의 저항에 부딪힌다. 월남전쟁에서 미국이 실패한 것은 월남 사람들이 죽자 사자 싸운 까닭도 있지만, 미국 내의 반전 세력 때문에 더 이상 어떻게 할 수 없었던 이유도 있었다.

오늘날에는 상대방을 굴복시켜서 지배하는 방식이 자국에 어떤 도움도 안 된다. 지금은 각 민족은 독립하고 또 가까이 있는 나라들끼리는 연대한다. EU를 시작으로 나프타 동맹도 생기고, 아랍권도 연맹하고, 인도를 중심으로 남아시아도 연대하고, 동남아시아도 아세안을 만들고, 중국도 홍콩과 대만(예정)을 포함한 화교 경제권을 형성할 것이다. 이런 것들이 바로 세계의 새로운 경향이다.

옛날에는 군인 한 명이면 식민지 국민 백 명을 통제할 수 있었는데, 지금은 군인 열 명이 게릴라 한 명을 대적하기도 어렵다. 그래서 식민지 유지

경비가 엄청나게 들어간다. 결국 소수민족들은 독립하고, 독립한 민족은 동일한 지역내 국가끼리 서로 연대한다. 이것이 바로 권력의 이동이다.

국가 단위에 집중되어 있던 권력이 아래로는 지방자치기구로 분산되고 위로는 세계정부로 이동한다. 우리나라만 해도 권력의 상당 부분이 지방자치단체로 이동 중이다. 이런 측면에서 볼 때 남북한을 단일한 체제로 묶는 통일만 생각할 것이 아니다. 중앙정부는 외교, 군사 같은 몇 가지만 담당하고 웬만한 것은 다 지방정부와 그 지방 주민들이 알아서 하면 된다. 이렇게 폭넓게 생각한다면 남북한의 통일문제는 사실 그다지 어려운 문제가 아니다.

 ## 통일을 막는 여러 가지 요인들

그런데도 실제로 통일이 어려운 이유는 과거에 대한 감정 때문이다. 이성적으로 따져 보면 사실 더 이상 다퉈 봐야 손해라는 것을 이제 남한도 알고 북한도 안다. 지금 남북한이 다투면 둘 다 무기를 사와야 하기 때문에 러시아나 미국만 좋을 뿐이다. 미국이 북한의 핵과 미사일을 걸고 넘어지는 이유는, 남북한의 긴장관계가 유지되어야 40조 원에 이르는 엄청난 액수의 무기를 팔아먹을 수 있기 때문이다. 남북이 화해하면 남한이 이 무기를 살 필요가 없어진다. 그런데 부시 정권은 군수산업의 이익을 대변하는 정권이다. 지금 미국은 F22기로 기종을 바꾸려고 하는데, 그렇게 되면 F16기 생산라인은 쓸모가 없어진다. 그것을 좀더 활용하기 위해 우리에게 구식 무기인 F16기 구입을 강요하는 것이다. 남한의 국론이 분열된 틈을 비집고 들어와 북한에 대한 위험성을 끊임없이 과장하는 이유가 바로 거기에 있다.

북한은 경제부흥을 하려면 외국자본을 유입해야만 하는 형편이다. 약간의 식량을 지원받는 것은 근본적인 해결책이 될 수 없다. 그런데 IMF나 IBRD에서 북한에 차관을 해 주려면 북한의 테러지원국 딱지가 떨어져야만 한다. 사실 핵과 미사일문제만 아니면 북한 사람들이 굶어 죽든지 말든지 미국은 별로 상관하지 않는다. 북한은 그것을 알기 때문에 핵과 미사일을 자꾸 들고 나오는 것이다. 그래야만 미국이 관심을 갖지, 그렇지 않으면 사람들이 다 죽어나가도 미국은 끄덕도 하지 않을 것이다. 북한 내 강경세력은 핵을 이용해서 자기들의 체제를 유지하려고 하고, 미국과 일본의 우익세력은 그 미사일을 핑계로 군비를 증강하려고 한다. 이런 현실 속에서 북한의 군사훈련 강도가 세졌다는 미국측의 발표가 있었는데, 그것은 남한에 무기를 구입하라는 압력을 넣기 위한 것이었다.

남북한 사이에 과거의 감정만 없다면 이런 문제들을 이성적으로 풀어갈 수 있을 텐데 마치 20년째 별거 중인 부부 같아서 합리적인 접근이 어렵다. 싸우는 부부에게 "그렇게 싸워 봐야 너희들과 자식들만 손해이다."라고 차근히 일러 주면 알아들었다고 고개를 끄덕였다가도, 막상 서로 얼굴을 보면 심사가 확 틀어져서 도로 돌아앉는다. 이것이 인간의 감정이다. 남북한은 서로를 죽이는 전쟁까지 치렀다. 당연히 서로의 가슴에는 한이 많고 원망과 증오, 그리고 불신과 두려움이 쌓여 있다. 월남한 이북 5도민은 역사적 배경 때문에 반공, 반북 이념이 강하다. 그들은 일제시대 군수, 판사, 검사, 학교 선생님, 아니면 지주로서 다 잘 살았다. 그런데 어느 날 공산정권이 들어서서 친일했다고 재산 다 빼앗아가고 부모를 잡아죽였다. 이것을 두고 북쪽에서는 친일 잔재를 청산했다고 말하지만 당하는 사람 입장에서는 절대로 그렇게 생각하지 않는다. 그래서 북한에 대한 증오를 갖고 남한에 넘어온 사람들이 많다. '그 놈들이 우리 재산 다 빼앗아가고 우리 아버지를 죽였다. 내가 홀몸으로 남한에 와서 죽도록 고생한 것도 다 그 놈들 탓이다.' 라고 생각하며 공산당에 대한 뼈에 사무치는 증오를 간직해 왔다. 비록 친일한 것은 잘못이지만 그들이 입은 상처는 나름대로 아주 고통스러운 것이다. 그런데 오늘날 우리들은 그들의 상처를 너무 가볍게 생각한다.

남한에서 월북한 사람들도 아주 많다. 독립운동을 했거나, 학교 다닐 때 데모하면서 친일 청산하자고 한 사람들은 나중에 빨갱이로 몰렸다. 이들이 월북한 후에 남은 가족들은 연좌제에 걸려서 육군사관학교도 못 가고, 경찰도 못 되는 등 수많은 사회적 제약과 고통 속에서 살아왔다. 그들의 가슴에도 엄청난 한이 맺혀 있다. 이렇게 이념 대립 과정에서, 정권 수립 과정에서, 전쟁 중에서 뼈아픈 상처를 입은 사람들이 너무 많다. 그들의 상처는 다음 세대에까지 영향을 미쳤고, 그것은 우리 사회에 엄연한 현실이 되어 있다. 그렇기 때문에 모처럼 마음을 열었다가도 조금만 수가 틀어지면 바로 마음의 문을 닫고 돌아서서 다시 미워하고 적대시하는 것이다. 남북한은 앞으로도 이런 우여곡절을 여러 차례 겪어야만 한다. 봄이 오기 위해 얼음이 녹았다 얼었다 하기를 반복하는 것처럼 남북 관계에도 훈풍이 불었다 북풍이 불었다 할 것이다. 그래도 잘 참고 견디면 언젠가는 봄이 오게 되어 있다.

세계적으로는 1990년대에 이미 냉전이 해체되었다. 우리에게도 1994년에 갈등이 해결될 기미가 있었는데 그만 김일성 주석이 죽어 버렸다. 그때 조문 사절단을 보내고, 그 이듬해 경제적으로 어려웠을 때 바로 식량을 지원해 주었으면 지금쯤 통일이 되었을지도 모른다. 그런데 사태를 잘못 판단해서 조금만 밀어붙이면 곧 무너질 것이라고 생각하고 오히려 강경책을 썼다. 안 그래도 다 쓰러져 가는 집에 빨리 망하라고 부채질을 해댄 셈이니 북한으로서는 몹시 마음이 상했을 수밖에 없었다. 그래도 한민족인데 굶고 있을 때 도와주지는 못할 망정 망하라고 부채질을 했으니 북한이 곱게 나올 리가 없었다. 그래서 나온 것이 '서울 불바다론'이었다. 결국 서로 극단적으로 대응하다가 북한은 수백만 명이 굶어 죽었고, 남한은 동포가 굶주려 죽는 것을 방치하는 잔인함 속에서 IMF의 관리를 받는 상황이 되었다.

이제 정신 좀 차리고 서로 살 길을 찾아보자는 것이 바로 2000년 남북

정상회담이었다. 이것은 사실 절호의 기회였다. 하지만 이 절호의 기회가 하루아침에 통일로 이어지는 것은 아니다. 그렇다고 해서 예전처럼 싸늘한 냉각국면으로 돌아가지도 않을 것이다. 다만 서로가 문을 여는 데 좀더 많은 시간이 필요할 뿐이다. 김정일 국방위원장이 한국에 오는 것을 쉽게 생각하지만, 결코 쉬운 일이 아니다. 북한은 국민들에게 미제 앞잡이와 박정희 도당 몇몇을 빼고는 남조선 인민 모두가 장군님을 숭배한다고 선전해왔다. 그러니 김정일 국방위원장이 서울에 오면 최소 60만~100만 명이 피켓을 들고 환영해야 체면이 선다. 김대중 대통령이 평양에 갔을 때는 60만 인민이 동원되어 김 대통령을 열렬히 환영했다. 그런데 지금 한국의 상황에서 김정일 국방위원장이 온다고 과연 얼마나 많은 사람들이 피켓 들고 나갈까? 오히려 피켓 들고 반대 시위하는 사람들도 있을 것이다. 옛날에는 언론 통제가 잘 됐지만 지금은 모든 것이 외신을 통해 전세계에 알려지는데 만약 피켓 시위라도 당한다면 김정일 국방위원장으로서는 참으로 큰 망신이다. 또 평양은 자기 집이니까 큰소리치고 화통하게 놀았지만 서울에 와서 그렇게 하는 게 간단한 문제가 아니다. 100만 명쯤 동원되어서 만세부를 각오가 있을 때 그를 오라고 해야 한다. 그런 형식이 뭐 중요하냐고 할 수 있지만 김정일 국방위원장의 입장에서는 아주 중대한 일이다. 조용히 왔다 가고 나중에 발표하는 방법도 있지만, 그것도 사실 실현 가능한 방법이 아니다. 그렇기 때문에 우리가 참고 기다리는 것이 필요하다. 주고도 뺨 좀 맞고, 밥상 차려다 주고 좀 걷어차이고, 이렇게 몇 번 하면 그 다음은 진심을 알아서 더는 그렇게 하지 않을 것이다. 하지만 이렇게 할 여유 있고 너그러운 사람이 없다는 것이 우리 민족의 비극이다. 우리들은 북한에 대해서 인내심을 가질 필요가 있다. 그것이 우리가 화해할 수 있는 길이기 때문이다.

 열린 민족주의를 위하여

북한 주민의 입장에서 가장 필요한 것은 생존을 위한 지원이고, 김정일 국방위원장에게 가장 필요한 것은 체제에 대한 보장이다. 북한 안에서도 이렇게 지도층과 인민의 요구가 다르다. 하지만 지금은 체제에 대한 보장도 미흡하고 생존을 위한 인도적 지원도 미흡하다. 그래서 주민은 주민대로 이래서 좋은 일이 뭐 있느냐고 생각하고 김정일 국방위원장도 별 소득이 없다는 생각을 하게 되었다. 그래서 북한 관리들도 남북 교류에 대해서 불만이 많다. 남한에서 준다고 말만 수없이 했지 실제로 준 것이 뭐가 있느냐는 것이다. 하지만 남한 사람들은 북한에 다 퍼줬다고 난리를 친다. 양쪽이 이렇게 서로 다른 얘기를 하며 아우성을 치기 때문에 일이 어렵다. 북쪽은 "너희들이 일단 전기를 준다고 해라."라고 주장하고 있고, 남쪽은 "우선은 전기 사정을 좀 조사하고 나서 주겠다."라고 한다. 그냥 줬다가는 남한 내부에서 난리가 나기 때문이다. 게다가 미국까지 간섭을 하고 나서니 남북 교류의 속도가 떨어질 수밖에 없다. 우리가 지속적인 남북 교류를 통해 화해를 이끌어 내려면 인도적 지원과 체제 보장, 두 가지를 모두 해 주어야 한다. 그런데 우리에게도 그것이 쉬운 게 아니다. 국민들은 아직 상처가 남아서 북한에 대한 나쁜 감정이 많고 정치인들은 늘 표를 의식해야 한다. 그래도 우리는 북한 권력층의 딜레마와 북한 주민들이 겪고 있는 고통을 모두 이해해야 한다. 그들이 옳기 때문이 아니다. 다만 우리가 잘 알지 못하는 이면을 좀 살펴보자는 것뿐이다. 서로를 이해하면 문제를 풀 수 있는 길이 많은데 이해를 못 하면 해결책이 없다.

그 다음에는 협력이 필요하다. 협력을 하려면 서로 존중해야 한다. 그리고 상호이익이 되도록 해야 한다. 화해할 때 이익을 따지면 화해가 안 된다. 화해할 때는 무조건적으로 이해하고 넘어가 줄 수 있어야 한다. 하지만 협력을 하는 데는 서로의 이익을 따져야 한다. 그러니까 인도적 지원은 화해의 차원에서 신속하게, 대량으로, 무조건적으로 해야 하고, 그 외의 경제적인 교류나 군사적인 협력 등은 천천히 살피면서 서로 이익이 되게 조건을 붙여서 풀어 나가야 한다. 그런데 지금 우리는 그 두 가지를 정확하게 구분하지 못하고 있다. 화해와 협력의 개념을 정확하게 파악해서 적절히 적용할 때 남북 관계는 손쉽게 풀리고, 비로소 통일이 가까이 다가올 것이다. 화해와 협력 없이 힘에 의해서 통일을 하면 민족 내부에 갈등 요인들이 잔뜩 쌓여, 오랜 세월 동안 커다란 사회문제들을 불러일으킬 것이다. 우리가 관심을 가져야 할 것은 당장의 통일이 아니라 남북한의 화해와 협력이다. 그것이 통일로 가는 가장 빠른 길이다.

통일로 가는 데 있어서 또 하나 생각해 볼 수 있는 것이 '한민족 네트워크'이다. 북한에 있는 2,200만 동포, 남한에 있는 4,700만 동포만 따지지 말고 600만 해외 교포까지도 생각해서 세계적인 네트워크를 만드는 것이다. 중국 200만, 미국 250만, 일본 60만, 구소련 50만, 유럽 10만, 아시아 지역 10만, 캐나다 10만, 중남미 등지에 10만, 이렇게 해서 약 600만 명의 해외교포가 있다. 참으로 엄청난 힘이다. 이들의 힘을 결집시킬 수 있는 민족 정책을 수립하고 추진한다면 아주 힘있는 7,500만 한민족 경제공동체를 성립할 수 있다.

여기에 하나 더 생각한다면 국내에 와 있는 외국인 노동자들을 포함하는 통일이 있다. 그들은 우리 민족이 아니지만 이미 우리의 삶 속에 깊숙이 들어와 있다. 앞으로 외국인 노동자 없이 우리 경제를 논하기 어렵다. 지금 실업자 100만 명 시대라고 하지만 3D 업종의 중소기업에서는 노동자가 없어서 일이 안 된다. 자동차 부품을 만드는 울산의 한 공장에서는 50명의 종업원이 필요한데 실제로는 25~30명밖에 없다고 한다. 그래서 외국인 노동자를 찾는 사람들이 많다. 한국인 가운데에는 하루 열두 시간 일하고 80만 원 받으며 일할 사람이 없다. 그렇다고 해서 노동자 임금을 올리면 가격 경쟁력이 떨어져서 자동차를 수출할 수가 없다. 이런 구조적인 문제 때문에 외국인 노동자를 안 쓸 수가 없다. 결국 우리 사회의 3D 업종을 외국인 노동자들이 감당해 주는 것이다. 이들이 우리 사회에서 함께 살면서 경제적 생산에 동참하고 도움이 되고 있기 때문에 이들을 국가 공동체의 정당한 일원으로서 대우해야 한다. 즉 민족의 개념을 더욱 확장시켜서 이들까지도 끌어안을 수 있어야 한다. 이들에 대한 인권적인 대우가 동등하게 이루어지지 않으면 새로운 사회문제가 될 것이다. 우리가 우리나라 안에 있는 외국인에게 부당한 대우를 하면, 해외에 있는 600만 동포들이 거주 국가에게서 부당한 대우를 받았을 때 인권적 권리를 주장할 수 없게 된다.

우리는 통일문제를 더욱 넓은 시야로 바라보아야 한다. 남북간의 군사적, 정치적 통일만 생각하지 말고, 세계 속에서 우리의 존재 가치와 역할을 생각해서 민족적 네트워크를 구상하고, 그것을 통해 함께 발전해 가는 미래를 생각해야 한다. 동시에 우리는 우리의 이웃에 있는 일본과의 경제 협력 공동체 또는 중국과의 협력도 고려해야 한다. 그런데 남북이 분열되어 있으면 우리는 늘 주위의 열강들에 이용당할 수밖에 없다. 그러나 통일을 하면 주위 열강들의 힘의 균형점에 우리가 있기 때문에 국력에 비해서 우리의 발언권이 몇 배로 더 커질 수 있다. 유럽의 경우 프랑스·독일·영국 3강의 힘이 거의 비슷하다. 그런데 공동체를 만들게 되자 본부를 둘 지역을 고르기가 쉽지 않았다. 베를린으로 할 수도 없고, 파리로 할 수도 없고, 런던으로 할 수도 없었다. 결국 군소 국가인 벨기에와 네덜란드에 본부를 두었다. 마찬가지로 동북아시아에 경제 공동체가 생겨나면 우리에게 아주 유리하게 작용할 것이다.

이런 차원에서 볼 때 한문이 공용문자로 복원되는 것이 나쁜 것만은 아니다. 한문으로 써 놓으면 한국 사람, 중국 사람, 일본 사람이 동시에 읽을 수 있기 때문에 아주 효율적이다. 그래서 우리나라의 도로표지판이 바뀌고 있다. 가장 위에 한글 쓰고, 그 다음에 한문 쓰고, 그 다음에 영문을 쓰는 식이다. 학교에서 한문을 다시 가르쳐야 한다. 이것은 한글 사랑과는 차원이 다른 문제이다. 한글 사랑이라는 것이 외래어를 부정하는 쪽으로 가면 안 된다. 여기에서 교육적인 문제들이 발생한다. 세계화 추세에 발맞추게 되면 자기 정체성을 잃어버리기 쉽고, 자기 정체성을 고집하면 세계화 추세 속에서 고립되기 쉽다. 그러니까 정체성을 가지면서도 열린 마음을 가질 수 있도록 균형 감각을 키워야 한다. 이것을 두고 편의상 '열린 민족주의' 또는 '대(大)민족주의'라고 한다. 자기 정체성을 유지하면서 다른 민족과 협력하고 공존할 줄 아는 민족주의이다.

🌱 통일로 가는 길

이렇게 한민족 네트워크와 지역 공동체가 이루어져야 하는데 만약 남북 분단이 장기적으로 지속되면 어떻게 될까? 한민족 네트워크도, 동아시아 지역 공동체도 다 어려워진다. 지금 상태에서 남북한이 연방을 한다면 남북간에 힘의 균형이 맞지 않는다. 4~5개의 지역이 연방을 할 때는 괜찮은데 두 개의 지역만으로 연방을 할 때 하나가 힘이 약하면 그 연합은 지속

되기 어렵다. 그럴 때를 대비해서 충청도와 전라도를 하나로 묶고, 경상도 하나, 경기도와 강원도 하나, 함경도 하나, 평안도 하나, 서울을 하나로 하여 6개 지역을 묶는 연방제를 생각해 볼 수 있다. 독일도 연방제인데, 각 주(州)가 상당히 독립적이다. 그 가운데 어떤 주는 주의회를 다 그 지역 정당이 차지하고 있는데, 이것은 그 지역 주민들에게 뭔가 맺힌 한이 있다는 얘기다. 이런 것은 드러내어 풀어야 한다. 지역주의의 현실을 억눌러서 자꾸 은폐하면 안 된다. 또한 지방자치제를 한다고 해도 안과 밖을 함께 아울러 볼 수 있어야 한다.

각 지역마다 나름의 특징이 있고 지역 감정에는 다 까닭이 있다. 이것을 인정할 줄 알아야 한다. 이런 성숙함만 가진다면 대통령 중심제든 내각제든 크게 문제될 게 없다. 우리는 국가연합도 고려해 볼 수 있고 연방제도 고려해 볼 수 있다. 흡수통일의 가능성도 아직 남아 있다. 흡수통일은 무조건 안 된다는 논리도 극단이다. 흡수통일은 인류 역사 속에서 여러 차례 거듭된 통일형식이기 때문에 그것이 가진 장점도 있다. 이렇게 되든 저렇게 되든 민족의 이익을 최대한 보장할 수 있는 미래를 설계해야 한다. 여러 가능성을 모두 열어 두고 각각의 장단점을 살펴 보완책을 수립해 나가면서 가장 좋은 대안을 찾는 것이 필요하다.

우리가 통일로 가려면 몇 가지 해결해야 할 과제가 있다. 인도주의적 해결책은 사실 근본적인 해결책이 아니다. 정치·군사적인 문제의 해결책이 근본 해결책이다. 내가 인도주의적인 얘기만 하니까 많은 사람들이 내가 인도주의적인 해결책을 근본 해결책이라고 생각하는 줄 아는데 그렇지 않다. 인도주의적 지원은 지금 당장 반드시 필요한 것이기 때문에 강조한 것이지 그것이 근본 해결책이라서 강조한 것은 아니다. 남북 관계를 근본적으로 푸는 것은 역시 정치·군사적 차원에서의 접근이다.

과거 역사를 따져 말한다면 가장 먼저 해결해야 할 것이 북미 평화협정이다. 우리가 뭐라고 주장하든 북한의 입장에서 한국전쟁은 북한과 미국 사이에서 벌인 것이다. 그렇기 때문에 북한과 미국이 휴전협정을 맺었던 것이다. 한국전쟁의 종결 형식이 휴전협정이었다는 것은 아직도 전쟁상태라는 것을 의미한다. 그러니까 게릴라를 보내는 것 따위는 휴전협정 위반이지 선전포고가 아니다. 휴전협정 위반은 중동에서 날마다 볼 수 있는데, 협정하고 깨뜨리는 것을 반복하는 것 자체가 전쟁상태라는 것을 의미한다. KAL기가 폭파되고 폭탄이 터지고 한 것은 엄밀히 따져 전쟁 중에 생긴 문제이다. 전쟁상태가 공식적으로 종결되면 전쟁상태에서 있었던 일은 다 없었던 것이 된다. 그러므로 북한은 평화협정을 맺어야만 미국과 수교할 수 있다. 그렇게 되면 전쟁은 완전히 끝난 것이므로 미군은 철수해야 한다.

이것이 어려운 문제이다. 중국을 견제해야 하는 미국은 우리나라에서 미군을 철수시키기가 어렵다. 명분적으로는 철수해야 하고 현실적으로는 못 하는 것인데, 미국은 힘이 세니까 제맘대로 머물러 있으려고 한다. 힘이 센 나라가 가지 않으려고 하니 어떻게 하겠는가? 그 대안으로 미군의 지위 변경을 생각해 볼 수 있다. 있기는 있되 주둔군으로 있는 것이 아니라 평화

유지군으로 있는 형식으로 바꾸는 것이다. 미군이 철수하면 물론 좋지만 설혹 그렇게 하지 못한다 해도 이런 것들을 좀 정리해 두고 관계를 진전시키자는 것이다. 즉 북·미간에 먼저 평화협정을 맺고, 평화협정을 체결하면 전쟁이 끝나는 셈이니 이제 미국은 당사자에서 빠지고 우리끼리 평화선언을 하고, 불가침협정을 맺고, 예전에 조인한 남북 기본합의서에 의해서 문제를 풀면 된다.

다른 방법도 있다. 남북한이 먼저 평화선언을 하고, 불가침협정을 맺고, 기본합의서를 이행해 나가면 미국은 더 이상 여기에서 아무것도 할 게 없어진다. 그러면 미국이 자연적으로 나가게 된다. 하지만 그렇게 하면 북한은 주도권을 잡기가 어렵다. 전쟁은 미국과 북한이 한 것이고, 남한은 미국의 괴뢰에 불과하다고 해야 북한의 주도권이 뚜렷해진다. 남한과 대등한 관계로 손을 잡고 미국에 대응하는 것이 좋지만, 그렇게 되면 힘이 약한 북한 쪽은 자연히 주도권 싸움에서 밀리게 될 가능성이 크다. 우리는 이런 점에서 북한을 이해해야 한다. 또한 북한도 지금의 남북 현실을 이해해야 한다.

 흑백논리에서 벗어난 북한 지원과 인권문제 해결

이 정도로 논의가 진전되면 그 다음에는 서로 군비를 축소해야 한다.

군비감축을 협의하지 않는 한 북한은 핵과 미사일을 포기할 수 없다. 만일 재래식 무기로 이길 수 있으면 포기할 수도 있겠지만 북한이 가진 재래식 무기는 여러 가지 면에서 자기 방어 능력조차 없는 것으로 보이기 때문에 '자살폭탄'을 동원할 수밖에 없다. '나를 공격하면 너 죽고 나 죽는다.' 라는 식의 방법으로라도 방어를 하지 않으면 북한은 체제에 대한 불안을 떨칠 수가 없다. 그러므로 북한의 핵과 미사일은 방어용의 성격이 더 크다. 북한이 미사일의 사정거리를 1,500㎞에서 2,000㎞로 늘인 것을 갖고 겁내는 사람들이 많은데 실제로는 우리와 아무 상관이 없다. 휴전선에서 제주도까지 거리가 600~700㎞밖에 안 되기 때문에 1,500㎞면 사실 남한을 겨냥한 것이 아니다. 그런데도 북한이 굳이 사정거리를 늘인 것은 일본을 겨냥했기 때문이다. 일본의 항공기지나 군사항구를 목표로 해야 미국의 공격에 대한 방어가 되는 것이다. 그것은 북한의 전략이다.

그 다음, 경제 제재조치를 전면 해제해야 한다. 지금은 일부만 해제되어 있다. 그 다음에는 테러국 지정을 해제해야 한다. 그것이 해제되지 않으면 IMF나 IBRD에서 금융지원을 할 수가 없다. 이런 국제금융기관의 대북지원과 함께 일제 침략 배상금 100억 달러 정도를 받고 일본과 수교를 하면 체제유지와 과거청산, 경제문제를 한꺼번에 해결할 수 있기 때문에 북한에 변화가 생길 것이다. 김정일 국방위원장의 지도체제가 이런 변화를 이루어 낼 수 있는가 하는 것도 문제 가운데 하나이다. 북한 지도부가 이런 변화를 선택했을 때 국민의 지지를 받을 것인지 아니면 의식이 깨어난 국민들에 의해 붕괴당할지 지금 예견하기는 어렵다. 가능성은 반반 정도이다. 어쩌면 붕괴 위험이 더 클 수도 있다. 이것이 북한의 딜레마이다. 우리는 북한의 처지를 이해해야 한다.

다음으로는 경제·사회적인 대북 투자를 늘려야 한다. 하지만 그렇게 하는 데는 북한에도 문제가 많다. 지금 중국이나 베트남에 투자하면 노동자 월급이 80~100달러쯤인데 북한은 500달러를 내놓으라고 한다. 남쪽에서 투자하고 싶어도 조건이 안 맞는 것이다. 경수로 공사가 몇 달 동안 중단된 것도 이런 이유 때문이었다. 애초에 임금을 80달러로 계약해서 공사를 하고 있었는데 데모를 하며 500달러를 요구하니 공사가 중단될 수밖에 없었다. 잔뜩 투자했다가 돌발적인 문제로 철수하게 되면 공장이며 투자비용이 완전히 날아가 버릴 위험성이 크다. 그래서 기업인들이 투자를 안 하는 것이다. 이 문제를 해결하기 위해서는 투자협정을 맺어서 기업이 이익을 가져갈 수 있도록 보장해야 하는데 북한은 그렇게 하기가 어렵다. 그런 방식은 자본주의 방식이라고 해서 이제까지 반대 선전을 해왔기 때문이다. 이렇게 경제적인 문제도 정치적인 성격을 많이 띠고 있다.

그 다음에 필요한 것이 국제금융기관이 북한을 돕도록 우리가 후원하는 것이다. 필요하다면 우리가 보증도 서 주어야 한다. 그 다음에 남북 철도나 도로, 항공, 해운의 연결, 그에 따른 인적 교류의 증대, 관광의 자유, 에너지 지원 등이 이루어져야 한다. 관광 개방은 많이 이루어졌다. 금강산, 백두산, 묘향산, 개성을 개방했고, 칠보산도 개방을 준비하는 중이다. 관광가는 사람은 긴장을 풀고 쉬면서 관광하기를 원한다. 잔뜩 긴장하고 감옥살이하듯이 가서 경치만 후딱 보고 와야 한다면 아무리 볼 것 많은 북한 관광지라도 갈 사람이 많지 않을 것이다. 그런데 북한으로서는 관광지로 개방을 했다고 하더라도 그런 분위기를 조성하기가 어렵다. 바깥 바람이 필요해서 문을 열었지만 모기까지 따라 들어오면 안 되기 때문이다. 그래서 북한은 철저히 방충망을 치려고 하지만 방충망을 친 상태에서는 충분한 경제효과를 기대하기가 어렵다. 당연히 북한은 심각한 고민을 하고 있다.

그리고 또 필요한 것이 인도적인 지원이다. 식량, 의약품, 생필품의 대량지원, 농업지원을 해야 하고, 인도적 차원에서 이산가족 상봉문제도 풀어야 한다. 남한에서는 납북자라든지 국군포로의 송환문제에 대해 아주 예민하게 반응하고, 북한이 국군포로의 존재를 감추고 있다고 생각한다. 이 문제는 휴전협정을 맺을 때 법적으로는 정리가 된 문제이다. 이것을 지금 재론하면 옛날의 휴전협정 자체를 문제삼아야 한다. 그래서 간단한 문제가 아니다. 개개인을 생각하면 몹시 억울하고 고통스러운 일이기 때문에 다 송환해야 하지만 공식적으로 거론하기에는 남북한 모두 약점이 많다. 그리고 우리가 남파간첩을 북한에 돌려 보냈으니 남한의 북파간첩을 돌려 달라고 해야 한다는 사람도 있는데, 이것도 어려운 문제이다. 이제까지 남한은 한 번도 북파간첩의 존재를 인정하지 않았기 때문이다. 사실은 우리도 북파간첩을 많이 보냈다. 그렇게 갔다가 다치고 온 사람도 있고 잡혀서 감옥에 있거나 전향해서 북한인으로 사는 사람도 많다. 그렇지만 공식적으로 북파시킨 적이 없다고 잡아떼고 있으니 그들을 보내 달라고 요청할 수가 없다. 이런 문제들도 인도적 문제에 포함되어 있다.

남북한에 있어 또 하나 어려운 문제가 탈북자문제이다. 과연 북한을 이탈한 몇십 만의 사람들을 어떻게 처리할 것인가? 남한으로서는 그들을 끌어안기도 어렵고 모른 체하기도 어렵다. 다 받아 주면, 화해하고 협력하자고 해 놓고 사람 빼간다는 비난을 북한한테서 받게 될 것이다. 그렇다고 해서 받아 주지 않을 수도 없다. 도대체 살 수가 없어서 갖은 고통 무릅쓰고 북한을 탈출해 나왔는데, 같은 동포인 남한에서 모른 체하면 얼마나 억울하고 서럽겠는가? 이것도 정치적 난제 가운데 하나이다. 이럴 때에는 원칙이 확실해야 한다. 정치적으로는 대등하게, 그리고 인도적 지원은 조건 없이 한다는 원칙을 지키면 된다. 인권문제는 다소 어려움이 있더라도 정확하게 짚고 넘어가야 한다. 이렇게 큰 틀을 마련해 놓고 중심을 잡고 추진하면 되는데, 정치를 우선에 두다 보니 인권문제, 탈북자문제의 정책도 우왕좌왕하고 있다.

가장 어려운 문제는 북한의 인권문제이다. 북한은 완전히 인권의 사각지대이다. 그런데 이것을 잘못 거론하면 내정간섭으로 오해받아 갑자기 냉전국면으로 반전될 수 있다. 그렇다고 인간의 권리가 침해받는 것을 가만히 내버려 둘 수도 없다. 결국 이런 문제는 정부 차원에서 드러내 놓고 풀어 가기가 어렵기 때문에 어느 정도 민간의 몫이라고 할 수 있다. 인권문제를 거론할 때는 반북의식으로 흐르지 않도록 해야 한다. 사실 그동안 북한 인권문제를 거론한 것은 반북세력들이었다. 비판적인 시각으로 그 부분을 부각시켜 거론한 것이다. 남한에서 그동안 인권운동을 벌였던 사람들은 반남한, 반자본주의적인 성향이 있는 사람들인데 이들은 기본적으로 친북 성향이 있기 때문에 북한 인권문제를 거론하지 않고 있다. 우리는 탈북식량난민을 도우면서 북한에 식량을 지원해야 하고, 북한의 인권문제를 다루면서 북한정부에 대한 지원을 해야 한다. 정치적으로 보았을 때 서로 대치되는 활동을 동시에 벌여야 하는 것이다. 비판할 것은 비판하고 도울 것은 돕자는 것이다. 그런데 우리가 아직도 흑백논리에 젖어 있기 때문에 이것이 안 되고 있다.

그러므로 정치적인 차원에서는 체제를 보장하고, 인도적인 차원에서는 북한을 지원하면서 합리적 관점에서 보아 개선할 필요가 있는 것은 북한 쪽에 요구해야 한다. 그렇게 점진적으로 문제를 풀어 나가야 한다. 집단 농장의 해체도 검토해 보아야 한다. 이것은 체제를 부정하기 때문이 아니라, 실제적으로 이 제도가 농업 생산성을 떨어뜨리고 있기 때문이다. 또한 주체농법도 폐지하고 장마당은 전면적으로 허용해야 한다. 개인농으로 해서 생산량을 늘려도 그것을 처분할 수 있는 장마당을 전면적으로 허용하지 않으면 생산의욕이 올라가지 않을 것이기 때문이다. 통행증 제도의 폐지, 신분차별 폐지, 언론의 점진적인 자유 보장, 이런 것들을 점차적으로 요구해서 개선시켜야 한다. 우리는 북한 주민의 이익과 권한이 향상되도록 노력해야 한다. 그렇다고 해서 북한정부를 반대하면 냉전국면으로 치닫고 문제가 발생한다. 또 북한정부와 협력관계만 유지하면 정치·군사적으로는 좋아질지 모르지만 북한 주민들의 고통을 외면하게 되는 결과를 낳아 통일이 된 후 북한 체제를 유지시키는 데 기여한 것에 지나지 않는다는 평가와 비난을 받을 수 있다. 이런 결과가 생기지 않도록 좀더 깊이 연구해야 한다.

서둘러야 할 문제들

앞으로 2~3년 정도가 북한에게 주어진 마지막 기회일 것이다. 남한은 북한이 가진 문제점과 딜레마를 충분히 이해해 북한정부를 어렵게 만들지 않으면서 인도적 지원을 과감하게 해야 한다. 북한도 민중들의 요구를 수용해서 문제점들을 개선하면서 체제 개방을 서둘러야 한다. 2~3년 안에 이것을 해결하지 못하면 북한 주민들이 불만을 표출하고 저항을 시작할 것이다. 그렇게 되면 남한 내부에서도 김정일 정권에 대한 평가가 찬반 양론으로 나뉘고 정치적 소용돌이에 휘말리게 될 것이다. 2~3년이라는 기간은 북한 주민들의 의식 변화 속도를 볼 때, 그 변화가 바깥으로 드러나는 데 걸리는 시간을 추산한 것이다. 의식은 아주 빠른 속도로 변해도 행동으로 옮겨지는 데는 어느 정도의 시간이 걸린다. 못 살겠다는 생각이 들어도 보따리 싸서 나가는 행동이 나오는 데까지는 시간이 꽤 걸린다. 하지만 일단 행동이 시작되면 사태는 걷잡을 수 없이 빠르게 진행된다. 그 사이에 우리가 지원해야 할 것 가운데 가장 중요한 것이 어린이들의 영양식이다. 영양실조가 되면 신체불구로 연결되기 때문이다. 두 번째가 의약품, 세 번째가 옷, 내의, 신발, 비누, 된장, 고추장, 간장 등의 생필품이다. 그 외에 비료와 각종 농자재와 농업기술을 지원하는 것이 필요하다.

빠르면 3년 늦으면 10년 안에는 흡수통일을 하든지, 그렇지 않으면 북한이 자생력을 회복하여 국가연합식의 통합으로 가든지 할 것이다. 그런데 반드시 그렇게 된다고 말할 수 없는 변수가 있다. 중국의 경제력이 연 7~8%씩 성장하는 데 따라 앞으로 미국과 중국의 대립이 점점 더 심화될 것이다. 그렇게 되면 미국은 중국에 대한 견제정책을 쓸 것이고, 중국과 러시아는 군사적인 협력을 하면서 미국에 대응할 것이다. 동북아시아에 중 · 러 · 북과 미 · 일 · 남의 새로운 냉전질서가 만들어질 가능성이 있다. 그렇게 되면 남북통일이 어려워질 수도 있다. 그러므로 시간이 흐를수록 우리에게 불리해지는 것이다.

지금 많은 문제들이 있지만 모든 사람들이 문제의식을 공유하기는 어렵다. 우선 소수의 사람들이라도, 조금씩이라도 노력을 기울이는 것이 필요하다. 좀더 많은 관심을 갖고 정보를 수집하고 의견을 나눈다면 우리는 지혜롭게 민족의 과제를 풀어 나갈 수 있을 것이고, 새로운 21세기를 만들어 갈 수 있을 것이다.

깨달음과 새로운 문명

가장 근본적인 문제는 인간의 욕망이 끝이 없다는 데에 있다.
인류문명의 위기는 인간의 끝없는 욕망, 한정된 자원, 쓰고 버린 쓰레기가 결국 되돌아오는 폐쇄회로,
인간 능력의 비약적 발전 등 여러 조건들이 상호 모순적으로 결합하면서 발생한 것이다.

🌱 대량소비사회가 가져온 인류문명의 위기

전지구적인 차원에서 볼 때 가장 큰 문제는 환경문제이다. 환경문제를 이야기하려면 먼저 생각해 보아야 할 것이 있다. 흔히 사람들은 '잘 산다.' 라는 표현을 쓰는데, 그 말을 할 때의 기준은 과연 무엇일까? '이 나라는 저 나라보다 잘 산다.', '이 사람은 저 사람보다 잘 산다.', '요즘은 옛날보다 잘 산다.' 라고 말할 때 잘 사는 기준이 과연 무엇일까? 여기에는 여러 가지 척도가 있을 수 있는데, 가장 대표적인 것으로 소비수준을 들 수 있다.

'잘 산다.' 라는 소리를 듣고 살려면 원하는 만큼 많은 소비를 해야 하는데, 그러자면 당연히 생산이 뒤따라야 한다. 사람들은 그동안 지속적으로 노력해서 과학과 기술을 통해 대량생산을 할 수 있는 상태를 만들어 냈다. 그것이 바로 산업사회이다. 결국 산업사회란 인간의 소비욕구를 충족하기 위해서 생겨난 것이라고 볼 수 있다. 그 이전에는 한정된 생산을 했기 때문에 한정된 소비밖에 하지 못했다. 반면에 현대문명은 대량생산, 대량소비를 대표적 속성으로 갖고 있다. 그런데 여기에서 문제가 생겼다. 대량생산을 하려면 그만큼의 원료가 있어야 한다. 과거의 인류는 원료가 무한한 줄 알았다. 다만 사람의 힘이 부족해서 충분히 확보하지 못할 뿐이라고 생각했다. 노동력만 있으면 산에 가서 나무를 베어 오면 되고, 노동력만 있으면 땅에서 석탄을 캐내면 될 뿐이었다. 그러므로 상품의 가치는 인간이 노동력을 얼마나 투여했느냐에 따라 결정되었다. 바로 이것이 노동가치설이다. 그런데 산업사회에서의 대량생산은 곧 자원고갈이라는 문제에 부딪혔다.

먼저 지하자원의 고갈이 위기로 다가왔다. '석탄은 앞으로 30년만 캐내면 없어진다.', '석유는 앞으로 50년 가면 없어진다.' 라는 예측이 난무했다. 이런 지하자원뿐만 아니라 식량의 고갈문제도 위협적이었다. 식량이 부족하면 필연적으로 전쟁이 발생하게 된다는 이론이 대두했다. 그리고 에너지도 부족했다. 나무와 석탄이 무한한 줄 알았지만 결코 그렇지 않았던 것이다. 그간 우리가 무한할 것이라고 생각했던 것이 지구라는 한정된 공간 안에 유한으로 존재하고 있다는 것이 확실하게 밝혀졌다. 우리는 이제 일반 자원뿐만 아니라 물조차도 부족한 시대에 살고 있다. 지금 시점에서 볼 때 자원고갈문제에 있어 가장 큰 변수는 바로 물이다. 식량은 증산을 위한 연구를 꾸준히 하고 있기 때문에 과거에 비해서 그렇게 크게 위협적인 상태는 아니다. 비료와 농약을 개발하고, 종자를 개량하고, 유전자 조작을 통해서 슈퍼 감자나 다수확 품종을 만들고 있다. 에너지는 대체에너지를 개발하고 있다. 나무에서 석탄으로, 석탄에서 석유와 천연가스로, 원자력으로, 태양력으로, 풍력으로 계속 개발 중이다. 부족한 기타 자원문제도 신소재 개발을 통해 해결해 나가고 있다. 화학섬유, 플라스틱, 나일론 등 인위적으로 분자를 합성시켜서 자연상태에 없는 새로운 물질을 계속 만들었다. 이렇게 인간은 문명의 한계를 극복해 나가고 있었다.

그런데 1960년대 무렵부터 전혀 생각지도 못한 문제가 생기면서, 문명의 한계를 극복하는 작업에 어려움이 생겼다. 대량생산, 대량소비로 인해 대량폐기물의 부작용이 나타났던 것이다. 옛날에는 폐기물이 아무런 문제가 되지 않았다. 버리면 끝이었다. 그런데 폐기물로 인한 부작용이 나타나기 시작했다. 이 부작용이 바로 '공해'였다. 이 문제는 몇천 년 인류 역사 속에서 생각도 못 해 본 문제였다. 이 문제는 불경에도, 성경에도 안 나오고 마르크스의 얘기에도 안 나온다. 그때 사람들은 경험해 본 적이 없었기 때문이다. 공해로 인해 가장 먼저 문제가 되었던 것은 이따이이따이 병 같은 질병이었다. 그 다음이 공기, 물, 식품 등의 오염문제였다. 그 다음에는 최근에 훨씬 광범위하게 나타난 생태계 파괴라는 문제가 있다. 생태계가 파괴되면 종이 소멸하고, 지구의 생명 시스템에 치명적인 결함이 발생한다. 그 다음에는 지구환경파괴라고 할 수 있는 기상이변의 문제가 있다.

이런 문제들에 직면하면서 우리는 '과연 어떤 것이 잘 사는 것인가?'라는 '삶의 질' 문제를 생각하지 않을 수 없게 되었다. 이것은 이제 인간의 생존에 관한 문제가 되어 버렸다. 우리는 그동안 '잘 산다.'라고 평가받는 삶을 살기 위하여 대량생산과 대량소비사회로 치달아왔다. 그 결과 이제 공기는 더 이상 숨쉴 수 없게 되었고, 물은 더 이상 마실 수 없게 되었으며, 식품은 온갖 화학물질에 의해 오염되었다. 육신이 송두리째 병들고 난 뒤에 예쁜 루즈를 바르면 무엇 하며 최고급 자동차를 타면 뭐 하겠는가? 이것은 심한 말로 하면 쥐가 쥐약을 먹는 것과 똑같은 상황이다. 살려고 먹었는데 결국 죽게 된 것이다. 인류의 문명은 결국 자원고갈이나 폐기물의 부작용에 의해서, 또는 이 두 가지 모두로 인해서 더 이상 발전하지 못할 것이다.

우리의 삶은 반복적인 폐쇄회로 속에 있다. 결코 무한한 직선이 아니다. 우리가 버린 것들이 어디론가 사라지는 것이 아니라 우리에게로 도로 돌아오는 것이다. 입으로 먹고 똥을 누면 그것이 돌고 돌아 다시 입으로 들어온다. 언젠가 들은 강연에 이런 내용이 있었다. 자동차 배기가스 문제 해결은 아주 간단해서 자동차 배기관을 휘어서 그 끝이 자동차 안으로 향하도록 해 놓으면 된다는 것이다. 그 얘기를 들으니 세수하고 샤워하고 똥눌 때 나간 것도 다 수도꼭지로 연결해 놓으면 문제가 확실히 해결되겠다는 생각이 들었다. 그런데 이 웃기지도 않은 얘기가 사실은 지구 전체로 보면 현실이다. 나갔다가 돌아오는 데 시간이 좀 걸려서 알아채지 못할 뿐이지, 사실은 고스란히 내게로 돌아오는 것이다.

그런데 또 하나의 문제는 이런 환경문제의 발생에 책임이 있는 사람은 지구 60억 인구 중 20%인 12억에 불과하다는 것이다. 인구의 20%가 지구 자원의 84%를 쓰고 있다. 그리고 인구의 20%인 최하층 사람들이 지구 자원의 1%를 쓰고 있다. 고작 12억 인구의 소비량만으로도 이런 문제가 일어나는데, 13억 중국과 10억 인도 사람들이 여기에 가세하면 어떻게 되겠는가? 불 보듯 뻔한 일이다. 결국 같이 죽든지 10억 명만 그렇게 살고 나머지는 소비를 못 하도록 하든지 해야 한다. 그런데 요즘 세상이 어디 그렇게 되는가?

지금까지 논의했던 문제를 다시 한 번 정리해 보자. 현대문명은 지금

명백한 위기를 맞고 있는데 첫째가 자원고갈이다. 옛날에는 자기 경험 속에서 지구의 일부분만 봤기 때문에 자원은 무한하다고 생각했다. 이것은 일종의 무지였다. 부분을 보고 마치 전체인 것처럼 생각해서 생긴 문제였던 것이다.

둘째는 환경오염이다. 우리가 사는 세계는 일직선의 세계가 아니라 마치 원과 같이 순환하고 있으며 서로 다 그물처럼 연결되어 있다. 다시 말하면 우리가 버린 것들이 우리에게 고스란히 되돌아오는 것이다. 우리는 그동안 이것을 전혀 생각하지 못했다. 땅이 평평하다고 생각했던 탓인지 여기에서 버리면 저쪽 끝에 가서 떨어져 영영 사라져 버린다는 식으로 생각했다. 예전에는 아파트에 쓰레기 투입구가 있어서 거기에 쓰레기를 넣고 문을 닫으면 우주로 가 버리는 줄 알았다. 그런데 쓰레기는 바로 아파트 밑에 떨어져 고스란히 쌓여 있었다.

가장 근본적인 문제는 인간의 욕망이 끝이 없다는 데에 있다. 인류문명의 위기는 인간의 끝없는 욕망, 한정된 자원, 쓰고 버린 쓰레기가 결국 되돌아오는 폐쇄회로, 인간 능력의 비약적 발전 등 여러 조건들이 상호 모순적으로 결합하면서 발생한 것이다.

자원고갈에 따른 심각한 위기들

　우리가 봉착한 위기의 원인들을 다시 한 번 세부적으로 살펴보자. 인류의 첫 번째 위기는 자원고갈의 문제인데, 그 가운데서도 일차적으로 심각한 것이 식량문제이다. 식량의 문제는 크게 보면 세 가지로 나눌 수 있다.

　첫째가 인구증가로 인한 문제이다. 예전에는 '인구는 기하급수로 늘어나고 식량은 산술급수로 늘어난다.' 라고 했다. 하지만 지금 시점에서 보면 인구가 기하급수적으로 늘어나지는 않고 있다. 하지만 어느 정도 계속 인구증가가 이어지고 있어서 아직 식량이 부족하다.

　둘째, 식량 소비량의 증가가 가져온 문제가 있다. 우리나라의 경우를 보아도 옛날 같으면 500만 톤만 있어도 먹고살았는데 지금 우리나라의 식량 소비량은 1,800만 톤이다. 그것은 우리네 식단이 채식 위주였던 데서 육식 위주로 바뀌면서 대부분의 식량이 버려지거나 사료로 쓰이기 때문이다. 또 질적으로도 소비의 행태가 달라졌다. 옛날에는 소 한 마리를 잡으면 털만 빼고 다 먹었다. 그런데 지금 사람들은 소 한 마리를 잡으면 딱 살코기만 먹고 나머지는 다 버린다. 그러니까 소 한 마리를 잡으면 예전 같으면 백 사람이 먹을 수 있었는데, 지금은 고작해야 50명만 먹고 50명 먹을 분량은 그대로 쓰레기통에 버린다. 그 쓰레기가 엄청나게 발생해서 처리가 곤란해지자 사람들은 이것을 사료로 만들었다. 그래서 초식동물인 소에게 먹였다. 소에게 쇠고기를 먹이니 소가 어떻게 안 미치겠는가. 이렇게 해서

광우병이 생겨난 것이다.

셋째로는 식품의 오염문제이다. 고기를 주식으로 하는 서구식 식생활이 널리 확산되면서 육류생산이 증가했다. 그런데 육류 100g을 생산하려면 곡류 400g이 소모되어야 한다. 결국 고기를 먹는다는 것은 채식을 하는 것보다 곡류를 4배나 더 소비하는 것이 된다. 우리나라 국민들이 소비하는 1,800백만 톤의 식량 가운데 절반인 900만 톤이 그렇게 가축을 먹이는 데 쓰이고 있다. 결국 식량 소비량도 그만큼 급증하는 것이다. 자연히 식량생산에 한계가 왔다. 그러자 사람들은 유기화학비료를 만들었다. 그러고는 병충해를 막기 위해서 농약을 마구 뿌려댔다. 그 결과 식량증산은 이루어졌지만 식품이 오염되었다. 또 비닐을 사용해서 식량증산을 꾀했다. 그 결과 폐기 비닐이 엄청난 문제가 되었다. 태우면 공기가 오염되고 땅에 묻으면 토질이 오염되니 이러지도 저러지도 못하고 있다. 또한 제초제를 뿌리고, 종자를 개량한다고 유전자를 조작했다. 이 유전자 조작으로 인한 부작용은 전혀 파악되지 않고 있다.

자원고갈의 두 번째 문제는 에너지문제이다. 한동안 석탄의 절대량부족 문제가 지구촌을 걱정에 빠뜨렸지만 지금은 석탄에너지 사용으로 인한 온실효과와 공기오염문제가 심각하게 대두되었다. 옛날에 서울의 공기가 나빠진 주원인은 연탄이었다. 지금 중국 연길도 시내에 가면 집집마다 석탄을 때기 때문에 겨울에는 숨을 쉴 수가 없을 지경이다. 하지만 석탄은 이제 석유로 대체되어 예전에 비해서는 사용량이 대폭 줄었고, 그 결과 석탄

매장량 걱정이나 공기오염 걱정은 덜하게 되었다. 이제 문제는 석유와 천연가스가 되었다. 이것 역시 급격하게 고갈되고 있는 연료이다. 그래서 값이 계속 오르고 있고, 석유전쟁이 일어나기도 한다. 이 석유와 천연가스도 기상이변의 주원인이 되고 있다. 그래서 전세계 대표가 모여 화석연료는 일정한 수준 이상 쓰지 말자고 결의했지만 미국이 이를 반대하고 있다.

　오염이 심한 석유 대신 나온 에너지가 원자력이다. 원자력이 발견되자 무한에너지를 개발해 에너지문제를 완전히 해결했다고 좋아했는데 얼마 지나지 않아 폐기물 처리가 아주 어렵다는 것을 깨달았다. 원자력발전소는 30~50년 지나면 폐쇄해야 하는데 30년 쓴 대가로 거기에서 나온 핵폐기물을 사람과 격리된 장소에서 20만 년 동안 보관해야 한다는 것이다. 만약 잘못되어 방사능이 누출되면 극도로 위험해진다. 우리나라에서도 핵폐기물을 보관해 주면 그 지역에 몇천억 원을 지원하겠다고 하고 있다. 그런데 그 발표 이후 3년이 지났는데도 핵폐기물을 받겠다는 데가 한 곳도 없다. 그만큼 위험성이 크다는 얘기다. 이것은 정말 보통 문제가 아니다. 도무지 핵찌꺼기를 갖다 놓을 데가 없다. 그러자 유럽에서는 핵발전소 건설이 중단되었다. 독일과 스웨덴은 아예 조기 폐쇄하기 시작했다. 자원고갈의 문제를 겨우 극복하는가 했는데 폐기물의 부작용이 심각하게 새로 대두된 것이다. 자원의 고갈이 문제였을 때는 기술개발로 대체할 수 있었는데, 오염이 문제가 되자 도무지 해결책이 없다. 현재 해결책으로 제시하고 있는 것이 환경에너지, 대체에너지의 개발이다. 바람을 이용한 풍력, 태양을 이용한 태양력, 조수 간만의 차를 이용한 조력, 물의 낙차를 이용한 수력, 부작용이 많은 큰 댐 대신 규모가 아주 작은 소규모의 댐들을 이용한 소수력 발전이 바로 그것이다. 그런데 여기에도 역시 문제가 많다. 시설 투자비가 엄청 든다는 것이다. 그래서 사람들은 새로운 차원의 기술개발로 에너지문제를 해결해 보려는 노력을 기울이고 있다. 그래서 가전제품을 모두 절전형으로 만들고 있지만 소비수준이 늘어나면 이런 방법은 한낱 미봉책에 불과할 뿐이다.

자원고갈의 세 번째 문제는 바로 물문제이다. 지금까지 물의 문제는 주로 오염문제였다. 그런데 최근에 와서는 절대량 문제가 더 커서 물전쟁이 예고되기도 한다. 옛날부터 논물을 가지고 많이 싸웠다. 심지어는 부처님 당시에도 논물 싸움이 있었다는 기록이 있다. 샤카족과 콜리족은 서로 사돈을 맺은 부족이었다. 그런데도 물을 가운데 두고 싸움이 붙어서 국가 싸움으로까지 커졌는데 부처님이 이를 말린 일이 있다고 전해진다. 바로 이런 물싸움이 앞으로 일어날 전쟁의 주요 원인이 될 것이라는 예측이 많다. 사실 그동안 물소비량이 엄청나게 늘었다. 예전에 시골에서는 세수한 물로 발 씻고, 걸레 빨고, 그리고 나서 그 물을 꽃밭에 버렸다. 그런데 지금은 물을 얼마나 많이 쓰는가? 하루에 오줌을 일곱 번 누면 일곱 양동이의 물을 버리게 된다. 그리고 매일 머리 감고, 목욕하고, 커다란 세탁기에 빨래 몇 가지 넣고 돌려댄다. 그러니 물소비를 감당하기 어렵다. 그래서 정부는 댐을 지어서 물을 확보하려고 하지만 환경운동 하는 사람들은 결사적으로 반대한다.

앞으로 10년도 못 가서 물부족사태가 심각할 것이다. 소비량이 자꾸자꾸 많아지고 인구집중은 늘어나기 때문에 생각보다 더 심각한 사태가 벌어질 수도 있다. 그래서 지금 수도권 물부족사태를 해결하기 위해 낙동강과 금강 상류를 막아 그 물을 한강 상류로 역류시키자는 의견도 있는데 그러면 낙동강 하류에 사는 부산과 대구 사람들이 가만히 있겠는가. 그래도 한반도는 단일민족 국가라 물전쟁이 일어난다 해도 큰 문제가 안 된다. 나중에 압록강, 두만강을 놓고 중국과 좀 갈등이 있겠지만 우리나라는 반도의 지형이라 이웃 나라와의 갈등 요소가 적다. 그러나 세계적으로는 물의 공급원인 강을 놓고 벌써부터 곳곳에서 갈등이 생기고 있다. 유럽의 경우 다뉴브 강만 해도 열 개가 넘는 나라를 거쳐서 흘러간다. 불과 얼마 전에도 중동에서는 요단 강을 놓고 대판 싸움을 벌였다. 사실 기름 없이는 살아도 물 없이는 못 산다.

물은 절대량뿐만 아니라 그 질에 있어서도 많은 문제가 있다. 우리가 쓰는 물의 대부분이 오염된 것이다. 물오염은 크게 보아 두 가지로 나눌 수 있는데 하나는 식수오염이고 또 하나는 농업용수오염이다. 농업용수가 오염되면 식품이 오염된다.

식량과 에너지, 그리고 물 이외에도 고갈된 자원은 많다. 목재도 몇십 년 베어 낼 분량밖에 남지 않았고, 바다에 무한히 많은 줄 알았던 수산자원도 씨가 말랐다. 그래서 양식산업이 번성했고, 그 결과 현재 우리가 섭취하는 어류의 대부분은 양식이다. 그나마 우리나라에서 유통되고 있는 수산물의 80%는 수입산이다.

 환경오염으로 인한 인류의 위기

인류의 두 번째 위기는 폐기물 부작용으로 인한 자연환경 파괴와 공해 등의 환경오염문제이다. 그 가운데 공기오염을 먼저 살펴보면, 이것은 정말 아주 심각한 상태이다. 생명체가 존재하는 데 가장 기본인 공기가 오염되지 않은 곳이 이제는 별로 없다. 배기가스는 자꾸 늘어나는데, 정화를 하는 산림은 갈수록 더 많이 파괴되기 때문이다. 지구의 공기 가운데 1/3을 정화하는 아마존 원시림이 파괴되기 시작한 것은 이미 오래 전 일이다. 그래서 전세계의 환경운동가들이 산림파괴를 막고 있다. 아마존 유역 원주민들은 경제적 어려움이 있어도 그곳을 개발하지 못하고 있다. 일방적으로 희생 당하고 있는 셈이다. 아마존 유역의 나무를 베어내지 않으려면 숨쉬는 데에 세금을 매겨서 아마존 유역 원주민들에게 가져다 주어야 한다. 그래야 공평하다. 사실 공기문제는 아주 민감한 문제이다. 시골에서 자면 다른 때보다 잠을 훨씬 적게 자도 상쾌하다. 서울에서 자면 많이 자도 늘 피곤하다. 앞으로는 광스모그와 오존경보 사이렌이 울리면 전부 코 막고 집에 뛰어들어가야 하는 상황이 될 수도 있다. 북한산에 올라가서 서울을 한번 내려다보면 그 안에서 산다는 것이 겁날 정도로, 뿌옇게 보이는 가스층이 온통 하늘을 뒤덮고 있다.

다음으로 수질오염의 문제가 있다. 앞에서 들었던 식수오염과 농업용수오염말고도 지하수오염이 있다.

그 다음이 식품오염문제이다. 비료, 농약, 제초제를 써서 대량생산을 하니 수질, 토양, 공기가 오염되고 그에 따라 식품이 온통 오염되고 있다. 야채류는 농약에, 육류는 동물성 사료에, 조미료는 화학첨가물에 오염되어 있다. 이런 환경 속에서 어떻게 건강이 유지되겠는가. 사는 데 가장 중요한 공기, 물, 식품이 모두 오염됐는데 색깔 고운 루즈를 바르면 뭐 하겠는가. 그렇게 살면서 고급 구두는 신어서 뭐 하고, 그렇게 살면서 금반지는 끼어서 뭐 하겠는가. 결국 '삶의 질' 문제가 대두될 수밖에 없다. '과연 어떻게 사는 것이 잘 사는 것인가?' 나물 먹고 물 마시더라도 공기 좋은 데서 사는 것이 좋은지, 탁한 공기 마시고, 탁한 음식 먹고, 더러운 물 마시면서 사는 것이 잘 사는 것인지, 본질적으로 무엇이 더 중요한 것인지 물을 수밖에 없다.

그 다음 문제가 폐기물문제이다. 우리가 똥을 누면 다 어디다 갖다 버릴까? 놀랍게도 전부 물에 갖다 버린다. 당연히 물이 썩는다. 예전에는 사람 똥도 다 거름이라서 이웃집에 가서 놀다가도 똥 마렵거나 오줌 누고 싶으면 얼른 자기 집에 가서 해결했다. 소중한 거름이었기 때문이다. 심지어는 소똥도 자기네 소의 똥, 남의 집 소의 똥이 있어 자기네 소가 눈 똥은 자기가 가져갔다. 남의 집 소의 똥을 가져가면 도둑놈이라고 욕을 먹었다. 그런데 지금은 사람 똥은 밭에 버릴 수 없다. 사람들이 먹는 음식에 방부제가 많아서, 사람 똥으로는 거름을 만들 수 없기 때문이다. 또 전부 화학비료를 치기 때문에 가축의 똥도 남아돈다.그러니 결국 똥을 전부 배에 싣고 바다에 갖다 버린다.

쓰레기문제가 또 대단히 큰 문제이다. 이제까지 서울 사람들은 쓰레기를 경기도에 갖다 버렸다. 그러나 지방자치시대로 접어들면서 더 이상 경기도에서 서울 쓰레기를 받으려 하지 않는다. 이제는 도시에서 나온 쓰레기를 시골에 갖다 버리고 그 동네에 몇백만 원씩 지원금을 준다고 해도 촌할머니들까지 머리띠 둘러매고 반대해서 쓰레기장을 만들지 못한다. 이런 형편이기 때문에 요즘은 쓰레기 소각하는 데도 돈이 많이 든다. 그런데 돈을 준다고 해도 경기도에서 쓰레기를 안 받아 주면 서울 사람들의 쓰레기를 어디에 버려야 할까? 당연히 서울시 안에서 처리해야 한다. 그러면 어느 구에서 하겠는가? 각 구마다 모두 반대한다는 머리띠를 두르고 나설 것이다. 그러면 자기 구 쓰레기는 자기 구 안에서 처리한다고 치자. 이번에는 어느 동에다 소각로를 만들지 고민이다. 각 동마다 결사적으로 반대할 것이다. 결국 자기 동 쓰레기는 자기 동 안에서 해결하라고 한다면, 그럼 쓰레기 소각로를 과연 누구 집 앞에 세워야 하는가? 당연히 집집마다 반대할 것이다. 결국 자기 집에서 나오는 쓰레기는 자기 집에서 처리하자고 할 수밖에 없다. 쓰레기는 태우면 공기오염이 되고, 땅에 묻으면 토양오염이 된다. 쓰레기가 적게 나오는 삶을 살지 않는 한 해결될 수 없는 문제이다.

 ## 그밖에 나타나고 있는 여러 가지 위기

그밖에도 현대문명에 닥친 위기는 무척 많다. 편리한 것을 추구하는 현대사회의 대표적인 부작용 가운데 하나가 전자파이다. 앞으로 10년쯤 지나면 전자파 피해자가 하루가 다르게 생겨날 것이다. 옛날에는 이런 걱정을 안 했는데 지금은 컴퓨터를 쓰면서, 핸드폰을 쓰면서, 가전제품을 사용하면서 전자파 걱정을 해야 한다. 뇌에 장애를 불러일으킨다는 연구 때문에 영국에서는 미성년자가 핸드폰을 사용할 수 없게 되어 있다. 뇌에 무슨 돌연변이를 일으킬지도 모르는데 최신형 핸드폰을 갖고 있다고 자랑할 게 아니다.

교통체증과 인구밀집도 현대사회의 문제이다. 쥐도 좁은 공간에 오래 놓아두면 미친다고 한다. 사실 우리가 사는 도시환경은 사람이 미치기에 딱 좋다. 밀집해서 살기 때문에 자연적으로 발생하는 교통체증은 엄청난 시간을 낭비하게 하고 스트레스를 준다.

소음공해, 약물남용, 여러 가지 화학섬유의 부작용, 주택 재료인 석면의 부작용과 같은 문제도 있다. 미국 LA에는 20년 전에 건물을 지으면서 내부 칸막이로 모두 석면을 쓴 20층짜리 빌딩이 하나 있다. 그러다 석면 사용을 전면 금지하면서 그 건물을 쓰려면 석면을 다 뜯어내야만 하게 되었다. 하지만 석면을 취급하는 것이 위험해서 그런지, 비용문제 때문에 그런지 아무도 손을 못 대고 건물을 비워 둔 채로 방치하고 있다.

서양인들을 상대로 포교활동을 펴면서 한국의 선불교를 세계에 알리는 일을 하고 있는 한 스님이 미국에서 큰 빌딩을 300만 달러에 사려고 했다. 그런데 지하에 묻혀 있던 기름탱크가 문제였다. 도시가스를 쓰면서 기름탱크는 폐쇄되었는데, 빌딩을 산 사람이 의무적으로 그 탱크를 없애야 했다. 그러나 그것이 생각처럼 간단한 문제가 아니었다. 몇십 년 동안 땅속에 묻혀 있던 기름탱크가 삭아서 구멍이 뚫려 땅이 오염되었을 경우에는 수천 트럭이든 수만 트럭이든 땅을 파서 갖다 버리고 새 흙을 가져다 메워 놓아야 한다는 것이다. 그러니 땅속의 상황이 어떤지 몰라 겁이 나서 건물을 살 수가 없는 것이다.

생태계 파괴도 심각한 문제이다. 아무 쓸모가 없다고 생각했던 갯벌이 사실은 정화작용을 하는 아주 중요한 땅인데 거기에 호수를 만들고 간척지를 만든다고 난리다. 이런 대규모 간척사업과 댐, 도로건설은 생태계를 완전히 파괴한다. 결국 우리 손으로 우리가 여태까지 살아왔던 삶의 토대를 부수는 셈이다.

생태계 파괴가 몰고 온 변화 중 대표적인 예가 바로 기상이변이다. 기상이변의 핵심은 온실효과에 의한 기온상승이다. 지구의 기온이 $1°C$만 상승해도 도대체 무슨 일이 벌어질지 예측이 어렵다. 기온이 높아져 북극이나 남극의 얼음이 녹아 내리면 해수면이 상승하면서 많은 문제가 발생할 수 있다. 또 기온이 오르면 병충해가 엄청나게 발생한다. 엘니뇨, 라니냐 같은 현상이 일어나서 극심한 가뭄, 대형 산불, 또는 느닷없이 내리는 폭설이나 폭우의 사태가 일어난다.

오존층 파괴도 무척 심각하다. 'CFC 가스'는 인류 최고의 발명품이라고 찬사를 받았던 무색, 무취, 무해 가스이다. 그런데 냉매제로 각광받던 이 가스가 바로 오존층을 파괴시키는 주범이다. 오존층은 태양층으로부터 오는 자외선을 차단하는 방패막이 역할을 하는데, 그것이 파괴된 결과 자외선이 직접적으로 사람의 피부에 닿아서 피부암 등 많은 질병을 발생시킬 위험을 안고 있다. 앞으로 오존층이 더욱 파괴되어서 피부암 발생률이 지금보다 높아지면 우리는 모두 얼굴을 가리고 다녀야 할지도 모른다. 심지어는 우주복을 입고 다녀야 할지도 모른다. 태어날 때부터 우주복을 입게 될 아이들은 우주복을 벗고 사는 자유로움과 기쁨을 전혀 알지 못한 채 우주복을 놓고 고급 우주복과 저급 우주복으로 나누며 살 것이다. 얼마나 불행한 일인가? 그러나 인간이 본래부터 그렇게 두더지처럼 사는 존재인 줄 알 것이기 때문에 어쩌면 그 아이들은 불행하다고 느끼지도 않을 것이다.

죽임에서 살림으로

이런 여러 가지 문제들을 종합적으로 살펴볼 때 자원고갈, 환경오염 등의 문제로 인류의 문명이 위기에 봉착해 있는 것은 아주 확실하다. 결국 새로운 문명에 대한 요구가 생겨났다. 그런데 이 새로운 문명이라는 것은 도대체 어떤 문명일까? 새로운 문명은 무엇보다도 지금 우리가 당면한 문제의 한계를 극복할 수 있는 문명이어야 한다. 그런데 한계를 극복하기 위해서는 현재 당면한 우리들의 문제를 올바로 인식해야 한다.

우리가 갖고 있는 문제의 해결책은 과연 무엇일까? 가장 먼저 인간의 욕망을 절제해야 한다. 소비를 많이 하는 것이 잘 사는 것이 아니다. 오히려 잘 사는 길은 소비를 줄이는 가운데에 있다. 적게 쓰면 남고, 남으면 다른 사람과 나누어 가질 것이 있다. 그러면 다른 사람과 경쟁할 필요가 없어진다. 그러면 사람과 사람이 서로 돕고 나누는 '좋은 벗' 의 관계를 가질 수 있다. 적게 소비하는 삶은 적게 생산하는 구조를 낳는다. 적게 생산하면 자원고갈도 막을 수 있고 적게 쓰면 폐기물문제도 막을 수 있다. 그런데 강제로 적게 써야 한다고 하면 사람들은 쓰고 싶은 만큼 못 써서 마음이 헐떡거리기 때문에 괴롭다. 하지만 적게 쓰는 것이 좋은 것임을 깨닫게 되면 더는 헐떡거리지 않게 된다. 이것이 바로 수행이다. 결국은 이것이 핵심이다. 내가 사는 세계가 서로 유기적으로 관련 맺고 있다는 것, 내 똥구멍에서 나간 것이 내 입으로 되돌아온다는 것을 자각하면 바로 나 자신을 위해서 적게 소비해야 한다는 것을 깨닫게 된다. 헐떡이는 고통 없이 삶 속에서 적게 소비하는 생활을 추구할 수 있다.

우리는 이제 '많이 쓰기 운동' 이 아니라 '적게 쓰기 운동' 을 해야 한다. 그러기 위해서는 삶에 대한 가치관이 근본적으로 바뀌어야 한다. 가치관이 바뀌지 않으면 결코 문제를 해결할 수 없다. 그렇기 때문에 새로운 문명 운동은 수행운동이 될 수밖에 없다.

앞으로는 정신적 차원의 전환과 함께 적극적인 기술개발 노력을 병행해야 한다. 소비를 줄일 수 있는 기술과 제품을 개발해야 한다. 절전형 제품, 절수형 제품, 에너지절약형 제품을 적극적으로 개발해야 한다. 또한 이미 오염된 것들을 정화시킬 수 있는 기술을 개발해야 한다. 새로운 소비는 줄이고 이미 오염된 것들은 정화시키는 노력을 함께 해 나간다면 우리들이 직면한 문제의 해결과 파괴된 것들의 복구가 가능할 것이다. 이제는 투자를 할 때에도 올바른 방향성을 가진 기술의 개발을 먼저 고려해야 한다. 무조건적인 과학기술 개발의 시대는 이제 지나갔다.

개인적인 차원의 투자도 마찬가지다. 날마다 세 끼 먹고 그 에너지를 어디에 쓸 것인지 생각해 볼 필요가 있다. 밥 먹고 남을 때리는 데 힘을 쓸 것인가, 넘어진 사람을 일으켜 세우는 데 쓸 것인가? 자동차 사고 큰 집 짓기 위해서 돈을 벌 것인가, 굶주리고 병든 사람 돕는 데 쓰려고 돈을 벌 것인가? 개인이든 전체이든 자기 에너지를 어디에 쓸지 방향을 정해야 한다. 산에 가서 톱으로 나무를 베는 것이나 구덩이를 파고 나무를 심는 것은 똑같은 운동이지만 그 결과는 무척 다르다. 개개인이 갖고 있는 돈, 정보, 힘을 '살림' 쪽으로 쓰면 자기의 보람이고, '죽임' 쪽으로 쓰면 자기 파괴이다.

바로 이런 변환기에 우리가 살고 있다. 그렇기 때문에 중요한 것도 과거와는 달라졌다. '내가 지금 돈을 얼마나 벌고 얼마나 잘 사는가.' 라는 것이 중요한 것 같지만 크게 보면 별로 중요한 것이 아니다. '누가 대통령이 되는가?' 라는 것도 중요한 것이 아니다. '지금, 이 변환기에 인간은 과연 어떻게 살아야 하는가? 또 어떤 삶을 살아갈 때 개인적으로도 행복하고, 세상도 평화로우며, 지구문명의 한계를 극복할 수 있을 것인가?' 우리는 이런 문제들을 중요하게 생각하고 진지한 자세로 탐구해 대안을 내놓아야 한다. 그렇게 하는 것이 바로 선각자이고 선구자이다. 쓰레기문제가 있으면 쓰레기가 안 나오도록 연구하는 것, 그것이 인류문명에 있어 더욱 진보적인 역할을 하는 것이다. 에너지절약형 형광등 하나만 만들어도 그냥저냥 살아가는 만 명보다 더 소중한 역할을 하는 셈이다. 또한 이런 삶을 살도록 다른 사람의 정신을 깨우쳐 주는 사람이 있다면 그 사람은 어떤 사람보다도 더 소중한 사람이 된다. 이런 관점으로 사회와 사람을 보아야 한다.

 ## 부처님의 삶에서 찾아보는 인류의 대안

불교적 가치관이 현대문명의 한계를 극복하는 데 도움이 된다. 부처님이 사신 삶을 가만히 살펴보면 부처님은 소비절약형의 사람이었다. 부처님은 다 떨어진 옷을 입고 밥을 얻어먹으며 동굴이나 나무 밑에서 잠을 잤다. 그야말로 최소한도로 살았던 것이다. 그렇게 하면서도 부처님은 헐떡거리지 않았고, 당당하고 행복하게 살았다. 자발적인 가난은 청빈이 되지만 강제적인 가난은 빈곤이 된다. 자발적으로 고개를 숙이면 겸손이 되지만 강제적으로 고개를 숙이면 비굴함이 된다. 그래서 부처님은 제자들에게 '비굴하지 말고 당당하라. 교만하지 말고 겸손하라.' 라고 가르치셨다.

부처님은 세상의 명예와 권력과 부를 다 가진 빔비사라 왕이 식사에 초대했어도 사양하고 가지 않으셨다. 하지만 빔비사라 왕은 작은 일만 있어도 부처님을 찾아와서 고민을 털어놓곤 했다. 여기에서 우리는, 세상의 권력을 다 갖고 온갖 부귀영화를 다 누려도 왕은 늘 고민을 안고 살았고, 가진 것이 아무것도 없었던 부처님은 편안하고 행복하게 살면서 오히려 남을 도와주었다는 사실에 주목해야 한다. 이 세상에서 좋다는 음식만 다 모아 놓고 먹었던 왕은 과연 맛있게 밥을 먹었을까? 어느 것이 맛있는지 몰라 헷갈렸을 것이다. 독약이 있을까 싶어 매일 은수저를 넣어서 색이 변하는지 안 변하는지 보고 있다가 먹어야 하고, 하인에게 먼저 음식을 먹게 해서 죽나 안 죽나 한참 지켜보고 나서 먹어야 한다면 과연 그 음식이 맛이 있을까? 천하의 예쁘다는 여자를 다 데리고 살아도 밤이면 밤마다 괴로웠을 것이다. 질투심 많은 예쁜 여자들이 밤마다 귀에다 대고 누구는 어떻고 또 누구는 어떻고 하며 헐뜯고 싸우니 골치가 안 아플 수 있겠는가? 여자가 많으니

아들이 많고, 그러니 저마다 왕이 되려고 서로 싸우고 죽이니까 얼마나 머리가 아팠겠는가? 또 나라를 넓혀 놓으니 변방에서는 계속 소수민족이 독립운동을 일으켜서 그걸 진압하느라 머리가 아팠을 것이다. 그러니 사흘이 멀다하고 왕은 부처님을 찾아와서 죽겠다고 하소연했던 것이다. 과연 그게 잘 사는 것일까? 그런데도 우리는 그런 왕 노릇을 한 번 해보지 못해서 안달이다.

이렇게 부처님의 삶과 우리의 삶을 비교해 보면 우리가 추구해야 할 삶이 과연 어떤 것이어야 하는지 방향을 잡을 수 있다. 부처님이 가르친 무아(無我), 무상(無想), 연기(緣起)사상, 사물을 총체적으로 보는 입장, 그리고 부처님이 살아갔던 삶의 방식, 생명을 사랑하고 존중하는 불교적 정신, 바로 이런 것들을 통해 오늘날 우리들이 당면해 있는 문명의 한계와 부작용 문제를 해결할 수 있는 길을 찾을 수 있다.

우리가 함께 여는 아름다운 세상

지금 우리들은 100년 전 선조들이 겪었던 그 격변의 시대보다도 변화의 진폭이 더 큰 세계화의 시대,
새로운 문명의 시대를 맞이하게 되었다. 우리들은 선조들이 그랬던 것처럼 막연한 혼돈과 불안에 휩싸여 있을 뿐
무엇이 옳고 그른 것인지, 어떤 일들이 일어나 우리들의 삶을 얼마만큼 변화시킬지 명확히 알지 못하고 있고,
미래의 방향을 제시하지 못하고 있다. 따라서 지금은 지나온 시대에 대한 점검을 해야 할 때이다.
심각한 환경문제에 부딪히면서, 산업화를 통해 소비수준을 극도로 높여 놓은 것이
과연 잘 한 것인지 되묻지 않을 수 없다.

🌱 현재를 읽고 미래를 내다보는 안목

우리들이 살고 있는 사회, 혹은 세계는 늘 변화하고 있다. 이러한 변화에 능동적으로 대응하지 못하면 사회, 혹은 세계는 우리가 원하지 않는 방향으로 나아갈 수 있다. 그렇게 되면 사회가 우리들을 옭아맬 수도 있다. 그러므로 과거와 현재의 삶을 토대로 미래를 예측해서 앞으로 나아갈 길을 바르게 제시하는 일은 아주 중요하다. 주로 지식인 또는 엘리트 집단이 이러한 방향을 제시하게 되는데, 그들이 방향을 잘못 잡으면 사회 전체가 혼돈에 빠지게 된다. 그것이 국가라면 이웃 나라에 짓밟히는 요인이 될 수 있고, 개인이라면 경쟁 대열에서 처지는 원인이 될 수도 있다. 문명이라면 한 문명이 지구상에서 완전히 사라지는 결과가 되기도 한다.

역사 속에서 이런 예를 무수히 많이 찾아볼 수 있다. 조선조 말엽, 당시 엘리트 계층이었던 선비들이 미래를 읽고 예측하는 안목을 가졌더라면 일제에게 나라를 빼앗기거나 외세 때문에 분단되는 일은 없었을 것이다. 당시는 그야말로 격변기 중의 격변기였다. 서구 열강은 아시아와 아프리카 지역을 침략하고, 거대한 중국은 붕괴되고 있었으며, 신분제사회는 무너지고, 전통사회의 기틀은 흔들리고 있었다. 이렇게 엄청난 변화가 있었는데도 더듬이가 잘린 곤충들처럼 무디게 움직였기 때문에 어떤 대처도 하지 못했다. 그 결과 민족 전체가 100년이 넘도록 고통을 겪었다.

1960년대, 우리나라의 권력층과 엘리트들은 일본의 변화를 참고 삼아

정책을 수립하고 국가를 운영했다. 그들이 추진했던 정책은 산업사회를 기준으로 보면 나름대로 변화에 대응하려고 노력한 결과물들이었다. 하지만 그때 이미 서구사회에 나타난 환경문제나 인권문제를 보면서 자본주의의 한계를 꿰뚫어보고 올바른 방향을 찾아갈 필요가 있었다. 그렇게 했더라면 우리가 겪어야 했던 그 무수한 시행착오 가운데 많은 부분들을 피해 갈 수 있었을 것이다. 산업화 과정에서 노동자, 농민, 도시 빈민들이 치러야 했던 고통과 희생, 민주화 과정에서 목숨을 내던져야 했던 수많은 젊은 이들의 희생, 그리고 많은 사람들의 눈물과 고통, 우리는 이러한 것들을 시행착오의 대가로 지불했다.

지금 우리들은 100년 전 선조들이 겪었던 그 격변의 시대보다도 변화의 진폭이 더 큰 세계화의 시대, 새로운 문명의 시대를 맞이하게 되었다. 우리들은 선조들이 그랬던 것처럼 막연한 혼돈과 불안에 휩싸여 있을 뿐 무엇이 옳고 그른 것인지, 어떤 일들이 일어나 우리들의 삶을 얼마만큼 변화시킬지 명확히 알지 못하고 있고, 미래의 방향을 제시하지 못하고 있다. 따라서 지금은 지나온 시대에 대한 점검을 해야 할 때이다. 심각한 환경문제에 부딪히면서, 산업화를 통해 소비수준을 극도로 높여 놓은 것이 과연 잘 한 것인지 되묻지 않을 수 없다. 물론 결코 잘 한 일이 아니었다. 하지만 대다수의 사람들은 아직도 소비가 가져다 주는 풍요로움에 취해 그것을 삶의 목표, 삶의 즐거움으로 생각하며 살고 있다. 이런 문제를 해결하기 위해 일을 하다 보면 결국 대중들의 현실적인 요구에 부딪힐 수밖에 없다.

대중들은 자신들의 요구에 부흥하지 못하면 불만을 터뜨린다. 그러면 흔히들 말하는 인기가 떨어진다. 그러므로 사회의 지도자들은 긴 안목으로 미래를 내다보고, 일시적인 인기나 대중들의 현실적인 요구에 영합하지 않고 중심을 잘 잡은 상태에서 방향을 제시해야 한다. 그렇다고 해서 대중들의 절박한 현실 상황을 보고 눈감아서도 안 된다. 큰 안목으로 미래를 설계해 나가되, 지금 현재 어려움을 겪고 있는 사람들을 배려하면서 나아가야 하는 것이다.

소외되는 계층이 없는 변화

어떤 사회든 변화의 소용돌이에 제대로 적응하지 못하는 사람과 구조적으로 희생을 당하는 계층이 있게 마련이다. 이들을 외면하면 반드시 부작용이 생긴다. 이들을 소외하는 변화는 바른 방향이 아니다. 이럴 때 '지금의 이 변화는 과연 누구를 위한 것인가?' 라는 것을 아주 깊게 생각해 볼 필요가 있다.

변화의 속도를 어느 정도 늦추더라도 취약계층에 대한 사회적 안전장치를 하면서 앞으로 나아가야 한다. 바로 이 안전망이 인권과 직결되는 사회복지다. 전통적 신분제사회, 농경사회에서는 사회적 취약계층이 환과고독(鰥寡孤獨) 즉, 아내 없는 남자(홀아비), 남편 없는 여자(과부), 부모 없는 어린이(고아), 자식 없는 노인(독거노인)이었다. 홀아비나 과부가 취약계층으로 편입되었던 것은 전통사회의 생활구조 때문이었다. 당시에는 남자와 여자의 역할이 아주 확실하게 나뉘어 있었다. 여자는 밥하고, 빨래하고, 아기 돌보는 일을 했고 남자들은 나가서 농사를 지었다. 이런 사회에서 과부가 되면 혼자 농사를 지을 수 없었기 때문에 바로 절대빈곤계층이 되어버렸다. 아무런 사회적 혜택도 받을 수 없었고, 마치 주인 잃은 개처럼 사회적 냉대와 무시를 받았다. 과부보다는 사정이 나을지 몰라도 혼자 남은 홀아비 신세도 딱하기는 마찬가지였다. 남녀의 역할을 엄하게 나눴던 가부장제사회 속에서 바느질이나 빨래, 음식 만들기를 할 수가 없으니 여자가 없다는 것은 아주 곤란한 일이었다. 재혼이 금지된 사회에서 이들은 사람다운 삶을 영위하지 못했다.

근대 이후, 가부장적 질서가 무너져 재혼이 허용되고 사회 분위기가 변하면서 과부와 홀아비는 사회적 보호대상에서 제외되었다. 여자들도 바깥에 나가 일을 해서 돈을 벌 수 있고, 남자들은 세탁소나 식당을 이용할 수 있게 된 것이다. 사회보장제도가 없었던 전통사회에서 부모 없는 아이는 돌보는 이 없는 버려진 아이였고, 자식 없는 노인 또한 돌보는 사람 없는 버려진 계층에 속했다. 이들은 근대사회에서도 계속 취약계층이었다. 근대사회에서는 이들을 집단적으로 수용해서 보호했다. 그것이 고아원과 양로원이다. 그러나 현대로 오면서 입양을 통해 가정에서 보호함으로써 고아원은 줄어들었다.

장애인은 근대 이후 사회가 돌보아야 할 계층으로 편입되었다. 그들은 전통사회에서는 완전히 무시되었다. 툭하면 '병신이 육갑 떤다.'라는 식의 인격적 무시를 당하고 정상적인 대우를 받지 못했다. 그러다가 사람들이 인권에 눈을 뜨면서부터 비로소 장애인도 인격적 대우를 받기 시작했다. 옛날에는 주로 노인문제, 고아문제에 관심을 집중하고 있었는데, 요즘은 장애인문제가 심각해지면서 장애인을 위한 복지시설이 우리 사회에도 늘어나고 있다. 초기의 장애인 복지시설은 사람들을 한군데에 모아서 수용하는 시설의 개념을 벗어나지 못했는데, 사회인식이 변하면서 그 질적수준이 꾸준히 높아지고 있다.

농경사회에서 근대 산업사회로 바뀌면서 새로운 사회적 취약계층이 생겨났다. 도시에서는 값싼 노동력이 대량으로 필요했지만 사람들은 도시로 간다는 것에 대해 불안감과 거부감을 갖고 있었다. 그래서 도시의 삶이 농촌의 삶보다 훨씬 좋다는 것을 보장해 주어야만 했는데, 그렇다고 해서 비싼 노임을 지불하게 되면 산업 경쟁력이 떨어진다. 결국 값싼 노동력을 구하기 위해 저곡가 정책을 펴기 시작했다. 농사를 지어서는 도무지 살 수가 없을 만큼 농산물 값을 떨어뜨려 버렸던 것이다. 사람들은 빚에 몰려 하나둘씩 도시로 떠밀려 나오기 시작했다. 노동력이 몰려오고 실업자가 도시 주위에 많아지자 공장주들은 아주 값싸게 공장을 돌릴 수 있었다. 노동자들은 형편없는 임금을 받았지만 쌀값이 워낙 쌌기 때문에 최소한의 생계는 유지할 수 있었다. 이렇게 저임금·저곡가 정책은 한 패키지처럼 붙어 있었다. 이렇게 되자 무너진 농촌에 남아 있던 농민들마저도 뒤늦게 도시로 일단 나오기는 했지만 일자리를 얻지 못해 노동자가 되지 못하고 도시빈민들이 되었다. 이렇게 산업사회에서 새롭게 발생한 취약계층의 권리를 찾기 위한 운동이 농민운동, 도시빈민운동, 노동운동이었다. 지난 3, 40년 동안 이런 취약계층의 권익옹호를 위해 많은 사람들이 투쟁했다. 유럽에서는 이러한 투쟁의 역사가 이미 100년을 넘었다.

현대사회에 들어서면서 대량 실업자문제가 발생하기 시작했다. 우리의 경우는 1990년대부터의 일이고, 미국이나 유럽에서는 1970년대 이후의 일이다. 서유럽사회의 실업률은 평균 10%다. 실업률이 높아졌다고 하면 12~13% 정도 되고, 7~8%가 되면 아주 양호한 편이라고 한다. 우리는 실업률이 4%대에 불과한데도 난리다. 하지만 여기에는 그럴 만한 까닭이 있다. 서구사회는 실업에 대한 사회안전망이 구축되어 있기 때문에 그렇게 실업률이 높아도 나름대로 사회가 안정을 유지한다. 서구에서는 실업자에게 원래 그 사람이 받던 월급의 50~80% 정도를 실업수당으로 지급한다. 미국은 직장을 그만두어도 6개월 동안 월급이 정상적으로 나오고 6개월 이후부터는 실업수당이 나온다. 이 정도로 사회안전망이 구축되어 있기 때문에 직장을 잃게 된다고 해서 그렇게 크게 절망하지는 않는다. 그래서 노동쟁의에 목숨 거는 일도 없고, 기업환경이 나빠져 구조조정을 하면 비교적 잘 받아들이는 편이다.

하지만 우리는 그런 사회적 안전망이 갖추어져 있지 않은 상태에서 서구사회처럼 대량 실업이 발생하기 때문에 혼란스럽고 고통스러울 수밖에 없다. 게다가 가장이라는 책임의 무게가 서구사회에 비해서 더 크기 때문에 더 절박하기도 하다. 또 우리나라 사람들은 자식을 대학까지 공부시켜야 한다는 강박관념을 갖고 있다. 서양에서는 대부분의 아이들이 고등학교만 졸업하면 정신적, 경제적으로 독립하는데, 우리는 대학교육에 결혼준비, 집 사 주는 것까지 책임을 져야 한다. 그래서 실업에 대한 두려움이 더 큰 것이다. 대기업에서는 학자금 대출도 해 준다. 또 직장에 다닐 때 집안에 애경사가 있으면 부조금이 많이 들어온다. 따라서 직장을 잃으면 월급뿐만 아니라 모든 수입이 끊기게 된다.

이렇게 살아가는 문화나 사회의 구조 자체가 다른데 우리 문제를 서구식 방법으로 풀려고 하기 때문에 많은 문제점이 생겨나고 있다. 현재 우리나라에서는 실업자문제가 가장 큰 문제이다. 정부가 고민 끝에 내놓은 것이 '공공근로제'인데, 실업자들을 데려다 놓고 빈둥빈둥 놀리고 돈을 주는 식의 방법은 임시처방은 될지 몰라도 결코 올바른 해결방식이라고 할 수는 없다. 몸이 아프다고 아편이나 마약을 주사해 주는 것과 같아서 부작용이 훨씬 큰 방법이다.

미래사회의 취약계층

　근대산업사회에서는 이렇게 노동자·농민·도시빈민·실업자들이 취약계층에 속하지만 앞으로 다가올 미래사회 즉, 정보화사회에는 양상이 한결 달라지게 된다. 미래사회에는 정보생산능력이 없는 사람이 취약계층으로 전락할 것이다. 과거 농경사회에서 산업사회로 접어들었을 때, 20대 젊은이는 농촌에서 도시로 나와 직장을 구하는 데 큰 어려움이 없었다. 그렇게 20대에 직장에 들어가 2, 30년을 근무하며 4, 50대가 된 사람들은 안정적으로 잘 살 수가 있었다. 경력이 쌓이면 그만큼 대우받았고, 월급도 2, 3배씩 더 받을 수 있었다. 하지만 3, 40대의 가장이 온 가족을 데리고 뒤늦게 농촌에서 도시로 나오면 제대로 직장을 구하기 어려웠고, 설혹 구했어도 적응을 잘 못해서 대부분 도시빈민으로 전락했다.

　그런데 정보화사회에는 40대 이상 되는 사람들의 경험이 완전히 쓸모가 없어진다. 20대 초반 젊은이가 개발한 컴퓨터 프로그램 하나가 30년 경험을 가진 사람들 서넛의 능력보다 훨씬 우수하기 때문이다. 기업주 입장에서는 나이 많아서 탄력성은 떨어지고 월급은 높아진 그들이 짐스러울 뿐이다. 그러므로 극소수를 빼고는 모두 직장에서 밀려나는 것이다. 이런 현상은 앞으로 더욱 두드러질 것이다. 요즘 명예퇴직 바람이 불고 있지만 아직은 시작에 불과하다. 이렇게 밀려난 수많은 사람들이 모두 사회적 취약계층이 될 것이다.

그리고 노인문제도 새롭게 대두할 것이다. 예전에는 정년퇴직한 55세 정도면 노인축에 들어서 집에서 자식의 보살핌을 받으며 조용히 살았다. 그런데 지금은 7, 80대나 되어야 노인이라고 할 수 있다. 정년퇴직을 한 사람들은 신체적으로도 아주 건강하고, 사회적인 욕구도 강하게 남아 있어 무엇인가 의미 있는 활동을 하고 싶어한다. 그런데 그들이 갈 직장이 없다. 이것이 미래사회의 노인문제이다. 이러한 욕구를 흡수해 주지 못하면 사회적인 불만, 불안으로 드러나게 된다.

선거에 의해서 정치 지도자를 뽑기 때문에 이런 반작용이 나타날 때 정치권은 적극적으로 대응하기가 어렵다. 엘리트 집단도 쉽게 대중의 현실적 요구에 안주해 버리게 된다. 그렇게 되면 사회문제는 해결되는 것이 아니라 적체되어 불안 요인이 더욱 커질 것이다. 그러면 복지기금이 엄청나게 들어가고, 기술투자는 제대로 못 하게 되면서 정체된 사회가 될 것이다.

앞으로 올 사회를 예측하고 안전망을 구축할 때에는, 아직도 남아 있는 전통적인 문제는 어떤 것이고, 새롭게 발생한 문제는 무엇인지, 어느 분야에서 취약계층이 나타날 것인지를 반드시 살펴보아야 한다. 앞으로는 개인들이 하는 사업도 위기에 내몰릴 가능성이 높다. 슈퍼마켓이 생기면서 구멍가게가 생존수단으로서의 역할을 잃은 것처럼 현재 개인사업자들 가운데 많은 수가 생존력을 잃게 될 것이다. 새로운 정보생산능력이 없으면 기업체에 소속되어 있는 개인의 역할도 의미가 없어지고, 개인사업체도 설 자리가 없어질 것이다.

과거 농촌에서 농사를 짓고 살던 사람들이 산업화 과정에서 도시로 내몰렸을 때, 어차피 저항할 수 없는 흐름이었기에 남들보다 일찍 나가는 것이 유리했다. 하지만 그들에게는 사회적인 변화를 읽어 낼 힘이 없었다. 게다가 조상 대대로 농사를 짓고 살던 고향 땅을 등지고 떠난다는 것이 쉽지 않았다. 그때 결단을 빨리 내렸던 사람들은 성공하기도 했고 도시에 잘 적응하기도 했다. 그러나 남들이 성공했다는 소리를 듣고 뒤늦게 빚에 떠밀려서 도시로 나왔을 때는 이미 너무 늦은 때였다. 그때와 지금의 상황은 상당히 비슷하다. 지금 벤처니 뭐니 해서 새로운 사업 분야들이 생기고 있는데, 사실 아무리 주위에서 떠들어대도 막상 개인이 시작하기란 쉽지 않다. 그래서 망설이다가 다니고 있는 회사의 전망이 없어지면 어쩔 수 없이 다른 데를 알아보는데, 그때는 이미 늦는다. 젊은 사람들이 시행착오를 거듭하면서 벤처기업을 일구어 온 것인데, 뒤늦게 등 떠밀려 나온 사람들은 설자리도 없고 적응할 만한 재간도 없다.

직장에 30년쯤 다닌 다음 명예퇴직하여서 퇴직금을 받은 사람들은 퇴직금을 은행에 넣어 두고 이자로 먹고 살 마음밖에 없다. 다른 것을 하기가 어렵기 때문이다. 그런데 은행 이율이 5% 안팎밖에 안 되니 이자라고 할 것도 없다. 그래서 어쩔 수 없이 뭔가를 해 보려고 마음을 내는데 마땅한 데가 주식투자 아니면 형편이 어려운 회사에 돈 내고 들어가 임원 감투 쓰는 것이다. 1억 원만 투자하면 임원도 되고 돈도 벌 수 있다는 얘기에 눈이 번쩍 떠질 수밖에 없다. 하지만 실제는 이와 다른 경우가 많아서 시작했다가 돈만 날리기 일쑤이다.

맨몸으로 막노동부터 시작해서 세상을 이리저리 살피면 세상에는 여러 군데 빈틈이 많아서 비집고 들어갈 데가 충분히 있다. 그런데 젊은이들 같으면 이런 것이 가능하지만 웬만큼 나이 든 사람들은 이미 가족도 있고 몸도 안 따라 주기 때문에 시행착오를 경험하거나 어려운 일에 도전할 용기가 없다. 그래서 이들에게는 사회적 재교육이 필요하다. 앞으로 사회에서는 정보생산능력 측면에서 볼 때 40대만 되어도 10명 가운데 9명은 직장 밖으로 내몰릴 것이다. 그러나 사회적 재교육을 받으면 6, 70세에도 이런 사회에 빠르게 적응할 수 있다.

 개인의 마음자세를 바꾸는 수행을 통한 문제 극복

변해 가는 시대에 적응하려면 특별한 노력이 필요하다. 어학이나 신기술을 익히는 노력도 물론 필요하지만 수행을 열심히 해서 심리적 안정을 얻으려는 노력도 필요하다. 수행을 통해서 마음을 다스리고 안정을 찾을 수 있다면 삶의 새로운 방향을 설정하는 데 많은 도움이 된다. 앞으로 올 사회변화에 남자들보다 여자들이 훨씬 더 적응을 잘 할 것이다. 여자들은 남자들에 비해서 아무래도 권위적인 부분이 적다. 기득권을 가지고 살던 남자들은 자꾸 과거를 생각하면서 권위를 내세우기 때문에 새로운 삶에 잘 적응하지 못할 수 있다. 하지만 여자들은 별다른 기득권이 없었기 때문에 자존심에 상처를 입거나 심리적 거부감을 갖지 않고 쉽게 새로운 일을 시도해 볼 수 있다.

변화하는 사회에서는 기득권계층 중 많은 사람들이 몰락한다. 그리고 새로운 계층이 등장하면서 상위계층으로 올라가게 된다. 정보화사회에서 정보생산능력이 없는 사람은 마치 자본주의사회의 자본이 없는 사람처럼 상위계층에서 탈락할 것이다. 상당히 많은 사람들이 이런 몰락을 경험할 것이므로 이들의 고통을 완화시켜 주고 사회적 불안을 예방하기 위하여 사회안전망 구축에 더 많은 관심을 기울일 필요가 있다. 앞서 얘기한 전통사회에서의 취약계층은 이제 더는 취약계층이 아니다. 홀아비와 과부는 물론이고 고아들조차도 이제는 취약계층이라고 부르기 어려워졌다. 경제력이 향상된 데다 아이들을 한두 명밖에 낳지 않는 사회 분위기로 고아 발생률이 낮기 때문에 광범위한 계층을 형성하기 어려운 것이다. 게다가 고아 문제를 해결하는 방식이 달라져서 예전처럼 사회현상으로 드러나지는 않는다. 앞으로는 지금보다 훨씬 입양이 활성화할 것이다. 이것은 상당히 바람직한 추세이다. 고아가 생겼을 때 고아원을 만들어 따로 모아 놓고 기르는 것보다 건강한 가정에 입양시켜서 새로운 가정에서 키우는 것이 더 낫기 때문이다. 장애인문제도 현대에는 이런 식으로 풀어 가고 있다. 복지시설에 몰아넣고 수용하는 것이 아니라 본인 나름대로 사회인으로 살아갈 수 있게 도와주는 쪽으로 정책이 달라지고 있다.

현대사회에 와서 더 큰 문제가 된 것은 노인문제이다. 전에는 자식이 많아서 괜찮았지만 지금은 자식도 적게 낳는 데다 모두 분가해서 살기 때문에 자식이 부모를 돌보는 것이 어렵다. 여기에 대한 해결책이 바로 연금이다. 하지만 이 문제는 연금만으로는 해결이 안 된다. 현실적으로 보호받아야 하는데 보호를 받지 못하는 노인들이 많다. 노인문제를 양로원으로 해결한다고 하지만 그것만으로는 어렵다. 경제력이 있는 노인들은 실버타운에 갈 수 있지만 서민층 노인들은 정말 갈 곳이 없다. 그들 자녀의 대부분은 20여 평의 아파트 살림이 고작이다. 그런 아파트 살림에서는 자식들다 출근하고 나면 감옥에 갇힌 것과 같을 뿐이다. 현재의 노인들은 대개 농촌 출신이 많기 때문에 좁은 공간에 가두어 두면 무척 고통스러워한다. 이런 식으로 살아도 자식들이 부양을 하고 있으면 사회적 문제는 없다. 하지만 실제로는 내팽개쳐져 있는 것과 다를 바가 없다. 어떤 면에서는 아예 자녀가 없어 복지시설에서 사는 것이 보호받기가 더 쉽고 덜 고독할 수도 있다. 그래서 노인들은 기를 쓰고 고향집으로 가려고 한다. 대부분의 시골집은 편의시설이 없고 화장실도 집 바깥에 있는 재래식이다. 노인들은 걸음도 제대로 못 걸어서 넘어지는 경우가 많기 때문에 화장실이 실내에 있는 것이 도움이 된다. 시골에 내려가면 화장실도 불편하고 밥도 혼자 지어먹어야 하는 등 어려움이 많은데도 노인들은 시골에 가서 살려고 한다. 갇혀 있기가 싫기 때문이다. 편의시설도 있고 친구도 있는 양로원에 가는 것이 훨씬 나은데, 본인도 자식도 양로원은 꺼린다. 멀쩡한 자식이 있는데 양로원에 가면 자식 욕 먹이는 짓이라고 생각하기 때문이다. 심하게 얘기하면 정말 자식이 없는 편이 낫다. 자식이 없으면 이웃집에서라도 보살펴 주는데 자식이 있기 때문에 모두 다 외면한다. 그렇다고 자식 탓을 할 수도 없다. 맞벌이로 겨우 먹고사는 서민층은 부모를 보살피고 싶어도 경제적·시간적으로 어렵다.

이것이 지금 서민층 노인들의 현주소이다. 그나마 육신이 어느 정도 건강하면 괜찮은데 대소변을 받아내야 할 정도가 되면 심각한 가정불화의 원인이 된다. 가족 모두의 고통이 극심해진다. 우리 세대는 도시 생활자이기 때문에 늙어도 도시의 양로원에서 살게 될 것이다. 하지만 지금 현재의 노년층은 대다수가 농촌 출신이기 때문에 문제를 풀기가 쉽지 않다. 거동이 어려운 노인들은 수용시설에서 집단적으로 보살피고, 그렇지 않은 노인들은 마을 단위로 자원봉사 시스템을 갖추어 보살펴야 한다. 그렇게 하면 서민층 노인문제를 조금은 풀 수 있을 것이다.

실업자문제는 실업 수당을 지급하는 방식으로 풀려고 할 텐데, 실업이 더욱 빈번하게, 대량으로 일어날 것이기 때문에 앞으로는 개인과 사회 모두 실업에 대해 좀더 유연한 자세를 가져야 한다. 실업 수당을 받으면서 일 년 정도는 쉰다는 생각을 갖고 마음의 안정을 찾는 것도 필요하다. 자원봉사 같은 것을 통해 삶의 보람을 찾아나가면서 새 직장을 물색하면 실업이 오히려 개인의 삶에 있어서 새로운 계기가 될 수도 있다. 이때는 아무래도 지금보다는 사회보장 시스템이 갖추어져 있을 것이므로 조금만 노력한다면 얼마든지 가능한 일이다. 또한 2백만 원을 받고 일하던 사람이 50만 원을 받고도 즐겁게 일할 수 있는 자세 즉, 돈을 추구하는 것보다는 일의 가치와 즐거움을 목표로 하는 삶의 자세를 갖추는 것이 필요하다. 그래서 사무실에서 일하던 사람이 쓰레기를 치우는 일도 기꺼이 할 수 있다는 마음을 가지면 실업문제는 분명 해결될 수 있다.

정부 차원의 실업 프로그램 제안

정부와 사회 차원에서 실업을 해결하려는 노력도 필요하다. 공공근로 같은 미봉책이 아닌 좀더 체계적인 실업자 프로그램을 개발해야 하고, 실업자들에게 삶의 용기를 줄 수 있어야 한다. 개인의 노력과 사회의 노력이 맞물려야 한다. 사회가 실업자문제를 개인의 문제라고 방치한다면 그들이 스스로 일어서기는 힘들다. 사회 차원의 노력이 있는 가운데 개인들이 생각만 바꾸면 우리 사회 곳곳에 그들의 경험을 필요로 하는 곳을 찾을 수 있다. 특히 이런 사람들이 사회봉사에 참여하게 되면 할 수 있는 역할이 아주 많다. 그런데도 사람들은 월급을 받고 일하는 데에만 익숙해져 있기 때문에 생각을 바꾸지 못한다. 게다가 높은 지위가 주는 권위의식과 자기 경험에 사로잡혀 고집을 부리게 되는 경우가 많기 때문에 남들과 화합하기도 어렵다. 자기를 버리지 못하는 것이다. 자기 생각, 고집, 자기 경험에 대한 자부심 따위는 모두 다 버려야 한다. 그래서 허드렛일도 하고 젊은 친구들 말을 들어가면서 배우기도 하면 그가 축적해 온 경험과 상승작용을 일으키면서 개인과 사회에 꼭 필요한 사람이 될 수 있다. 그렇게 하면 실업문제를 건강하게 극복하고 자아성취도 할 수 있다.

내가 함께 하는 단체인 정토회에도 그런 사람들이 많이 필요하다. 현재 정토회를 구성하고 있는 실무진들은 대부분 2, 30대 초반으로 대학을 졸업하고 사회 경험 없이 바로 들어온 경우가 많다. 무척 순수하고 착실한 사람들이지만 세상물정을 잘 모른다. 물건값도 잘 몰라서 상인이 달라는 대로 다 지불하여 본의 아니게 재정을 낭비하기도 한다. 특히 기계는 기술이 있는 사람이 만져야 하는데, 그런 사람이 없어 기술 없는 사람이 만지다 보니 빨리 고장이 난다. 또 정토회 사람들은 정부기관 출입에 서툴러서 공무원을 만나 문제를 해결하는 능력이 별로 없다. NGO들은 공무원을 만나 일처리하는 능력을 꼭 키워야 한다. 그렇기 때문에 명예퇴직을 해서 시간 여유가 있는 중장년 남자 자원봉사자들이 필요한데, 그분들을 수용하려면 정토회도 나름대로 준비를 해야 한다. 사무실을 넓혀서 책상도 마련해 주고 지위도 보장해 주어야 하는데, 현실적으로 그게 좀 어렵다. 그 나이 또래의 여자분들은 설거지, 청소, 우편물 발송 등 작지만 꼭 필요한 일부터 시작해서 경험의 폭을 넓히고, 나중에는 훨씬 전문적인 자원봉사도 하게 되는데 남자들은 권위의식 때문에 그렇게 하기가 어렵다. 남자들도 작은 일부터 시작할 수 있도록 마음을 바꾸려는 노력이 필요하다. 우리 사회에는 일할 사람이 없어 외국인 노동자로 채우지 않으면 안 되는 3D 업종의 일이 아주 많다. 임금이 적거나 노동강도가 높은 일, 작업환경이 열악한 일들이 많은데, 이런 것은 사실 수행삼아 하기에 아주 좋은 일들이다.

또 실업자들의 의식전환을 위한 프로그램을 개발하는 것이 필요하다. 심성훈련 같은 수련프로그램을 통해 자신의 문제를 인식하고 타인을 향해 마음을 열어 가며 가슴 속에 있는 응어리들을 풀어 놓을 수 있게 된다면 실업으로 인해 가정이 흔들리는 일도 없고 사회에 새롭게 기여할 수 있을 것이다. 종교단체, 시민단체들이 이런 프로그램을 운영하는 것도 필요하지만, 정부에서도 이런 프로그램의 중요성을 깨달아야 한다. 그리고 실업문제 역시 삶의 문제이기 때문에 당사자가 스스로의 정신적 안정을 위해 노력하는 것도 필요하다. 앞으로는 정신수양적 차원에서 사회문제들을 다루어야 한다. 돈이나 명예에 대한 욕심을 버리면 농촌에서 농사짓고 수행하는 삶을 살면서 공동체운동을 펼칠 수도 있다. 연금받은 것은 용돈으로 쓰고, 농사지어 자급자족하고, 메주를 만들거나 고추장을 담그면서 요즘 젊은 사람들이 감당하지 못하는 부분을 메워 주며 살 수도 있다. 그렇게 하면 사회 전체가 조화를 이룰 수 있다.

우리는 이런 문제들을 해결하기 위해서 많은 노력을 해야 한다. 사람들은 현재는 그런대로 살 만하다고 생각하면서도 미래에 대한 두려움을 갖고 있다. 나이 많아 일할 수 없을 때, 병이 났을 때, 불의의 사고를 당했을 때, 갑자기 직장을 잃었을 때 어떡하나 싶어 늘 걱정과 근심을 하고, 그에 대비해서 돈·지식·지위 등에 지나치게 집착한다. 노인연금, 의료보험, 재난보험, 실업수당의 4가지 보장이 확실하게 돼야 사람들이 심리적으로 안정감을 느끼며 살 수 있다. 그런데 이런 사회보장기금은 자기 돈이 아니기 때문에 함부로 써 버리는 사회주의적 병폐가 나타날 수도 있다. 보험금을 노리는 갖가지 사기 행각도 늘어날 것이다. 또 그것을 막으려고 하다 보면 선량한 피보험자는 보험금을 내고도 적정한 보험금을 받지 못하기도 한다. 그래서 보험금을 받아주는 전문가가 또 생겨나게 된다. 그래서 재정 운용을 잘 해야 한다.

의료보험, 재난보험, 노인연금, 실업수당 등 4가지를 정부 차원에서 완전히 보장해 줘도 그것만 갖고 사회안전망 구축이 충분하다고 볼 수 없다. 좀더 다양한 차원의 복지정책을 펼쳐야 한다. 이제 복지는 예전처럼 고아원, 양로원, 장애인 수용소에 모아 놓고 돌보는 식이 아니라, 사회 속에서 일반인과 더불어 사는 방향으로 정책을 펴야 한다.

🌱 전지구적 차원의 복지

전세계적인 차원에서 볼 때 가장 시급한 복지문제는 사실 기아문제이다. 생존을 위한 최소한의 먹을 것도 없어서 굶어 죽는 사람들의 문제가 아직도 해결이 안 되고 있다. 그 다음 급한 것이 몇천 원의 돈으로 충분히 예방과 치료가 가능한 이질, 말라리아, 결핵과 같이 간단한 질병문제이다. 한 줌의 식량과 한두 가지의 약품만 있어도 살 수 있는 사람이, 그것이 없어서 무참히 죽어 가는 경우가 이 지구상에는 아직도 너무나 많다. 이것은 국가와 종교, 민족과 지역을 초월해서 인류 모두가 공동으로 책임져야 할 문제이다. 기아와 질병의 문제가 일차적인 생존을 위한 문제라면 그 다음에는 인간이 인간답게 살아가는 것 즉, 사회적 생존을 위해 필요한 문제가 있다. 그 가운데 가장 큰 것이 문맹문제이다. 사람은 최소한 초등학교 수준의 교육은 받아야 한다. 그래야만 사회적인 생존이 가능하고 인간다운 삶을 보장받을 수 있다.

기아와 질병과 문맹의 질곡에서 허덕이는 사람들이야말로 지구상에서 가장 소외된 사람들이다. 인도의 둥게스와리 같은 곳은 한 달 임금이 1달러 미만이다. 최저 생존조차도 불가능한 수준인데, 그나마 받을 수 있으면 다행이다. 어떤 사람들은 우리가 북한에 일방적으로 퍼준다고 하는데 북한의 민중들이 얼마나 열악한 환경에 처해 있는지 모르기 때문에 하는 소리다. 북한은 지금 지구상에서 가장 가난한 나라이다. 국가와 종교, 민족과 지역을 초월해서 무조건적으로 도와야 할 대상이다. 정치적 논리로 말할 때가 아니다. 북한에 대한 인도적 지원을 반대한 사람들은 통일이 되면 민족적으로 단죄를 받을 것이다. 그것은 민족적인 죄라기보다는 사실 인류적인 죄에 속한다. 혹시라도 그런 생각을 한 일이 있었다면 마음 깊이 참회하고 반성해야 할 일이다.

하루 수입이 1달러 미만인 사람들이 60억 지구 인구 중에 12억이나 된다. 이렇게나 많은 사람들이 죽음 앞으로 내몰려 있고 아무런 희망도 없이 동물보다 더 어려운 조건 속에서 태어나고 죽어간다. 유아 사망자만 하루에 500명이나 된다. 대형 점보기가 하루에 한 대씩 추락하는 셈이다. 그래도 아무런 문제가 안 된다. 가장 열악한 계층에서 일어나는 일이기 때문이다. 백악관에 있는 애완용 개가 죽는 것은 뉴스가 될 수 있지만 가난한 아이들이 죽어 가는 것은 관심의 대상조차 안 된다.

지구적 차원의 복지를 위해, 국민소득이 1만 달러 이상인 OECD(경제협력개발기구) 가입국가는 GDP(국내 총생산)의 최소 0.1% 정도는 제3세계 취약계층에 개발기금으로 지원하도록 되어 있다. 노르웨이는 0.99%를 개발기금으로 내고 있다. GDP 대비 지원금 비율이 가장 작은 나라는 미국으로 0.1% 정도지만 국가 규모가 크기 때문에 실제로는 다른 나라보다 액수가 많다. 우리나라의 경우, GDP의 0.1%면 5천억 원 가량 된다. 지구의 저개발국가에 완전 무상으로 지원해야 하는 돈이다.

민간 차원에서는 유럽의 '국경 없는 의사회' 처럼 지진, 홍수, 긴급 재난에 대한 지원 시스템을 갖추어야 한다. 또 문맹 퇴치를 위한 초등학교 수준의 교육 시스템 지원, 간단한 질병에 대한 의료 지원에 참여해야 한다. 이것은 건강한 사람이 병든 사람과 노약자를 보살펴 주는 것과 같은 일이다. 지구적인 차원에서 볼 때 부유층 사람들이 극빈층의 고통을 덜어주기 위해 가진 것을 나눌 수 있어야 하는데, 많은 돈을 내야 하는 것은 아니다.

자기 수입의 0.1%만 나누자는 것이다. 그러면 많은 사람들의 생명을 살리고 많은 사람들이 문맹에서 벗어나도록 도울 수 있다. 자기 나라, 자기 민족 안에서가 아니라 지구적 차원에서 서로 나누고 도우며 살자는 것이다. 그런데 우리는 아직도 '우리도 못 먹고사는데 북한 줄 것이 어디 있나?'라고만 한다. 다른 민족도 아니고 바로 제 민족, 제 가족인데도 말이다. 세계가 넓어졌기 때문에 이제는 지구인으로서의 의식, 지구인으로서의 기본적인 소양을 갖추어야 한다. 전세계의 군사비 1%만 줄여도 지구촌 극빈문제는 모두 해결할 수 있다.

자기가 아무리 부자라고 해도 빈민촌에 둘러싸여 있으면 도둑맞거나 강도를 당할까 봐 늘 전전긍긍하며 살아야 한다. 그런 걸 어떻게 잘 산다고 말할 수 있겠는가. 자기 주위에 있는 사람들이 최소한 도둑질과 강도질은 안 해도 되는 삶을 살 수 있을 때 부자도 비로소 그 부를 누릴 수 있을 것이다. 결국 서로 나눈다는 것은 가난한 사람만을 위한 것이 아니라 부자 자신을 위한 일이기도 하다. 또한 어떤 개인도 사업이 부도나거나 자연재해를 당해서 언제든 취약계층으로 편입될 수 있으므로 안전망 구축은 바로 나 자신을 위한 일이 되기도 한다. 사람들은 취약계층이 사회의 경쟁력을 떨어뜨리는 짐이라고 생각한다. 인도의 지배계층은 불가촉 천민들을 두고 인도의 수치라고 생각한다. 미국 사람들이 흑인을 데려다 실컷 부려먹어 놓고는 미국의 수치라고 생각하는 것과 같다. 이런 생각을 하는 사람들은 사실 도덕불감증에 걸린 사람들이다.

앞으로는 세계가 인간적 도덕성을 중시하는 방향으로 발전해 나갈 것이다. 그것이 필연적으로 우리가 나아가야 할 방향이기 때문이다. 이미 언론의 자유, 인권문제, 복지시설, 세계화에의 기여와 같은 많은 부분에서 그런 조짐이 조금씩 드러나고 있다. GDP의 수치가 높다거나 군사력이 강하다는 것만으로 세계에서 힘을 과시하던 시대는 지나갔다. 군사력만 보면 러시아가 엄청난 영향력이 있어야 하고, GDP만 보면 일본이 엄청난 영향력이 있어야 하는데 이런 나라들은 영국이나 독일, 프랑스보다 영향력이 적다. 요즘 세계에서 가장 많은 영향을 끼치는 것이 도덕성이기 때문이다. 이런 것을 깨닫고 우리 사회의 취약계층에 대해 충분히 이해하는 바탕 위에 사회안전망을 차근히 구축해야 한다. 그리고 그것을 세계 전체로 확장시켜야 한다. 그리하여 모든 인류가 인간답게 잘 살도록 해야 한다.

노동해방의 길

불교는 많이 일하고 적게 가지라고 가르친다. 적게 일하고 많이 받고 싶은데 어쩔 수 없이
많이 일하고 적게 가진다면 그것은 착취를 당하는 것이다.
하지만 스스로 선택해서 많이 일하고 적게 받는다면 그것은 착취가 아니라 베풂이다.
많이 갖고 살고 싶은데 돈이 없어서 조금밖에 못 갖고 살면 비참한 가난이다.
그렇게 어쩔 수 없이 가난하게 살면 빈곤이 되지만 스스로 가난하게 살면 자랑스러운 청빈이 된다.

노동은 건강을 위해서 하는 놀이

이 장에서는 일반적인 의미에서의 노동문제가 아닌, 가장 원론적인 노동의 의미를 되묻고 미래사회에서 노동의 의미는 무엇인지 철학적인 차원에서 한번 짚어 보고자 한다. 결론부터 말하자면 노동은 자기실현의 한 방법이다. 그렇다면 자기실현을 궁극적 목표로 하는 수행도 노동이라고 말할 수 있다. 이렇게 되면 수행과 노동은 하나로서 완벽하게 일치한다.

대개 사람들은 '노동'이라고 하면 '괴로움'을, '휴식'이라고 하면 '편안함'을, 그리고 '놀이'라고 하면 '즐거움'을 떠올릴 것이다. 나는 식물도 일을 한다고 생각하지만, 동물을 중심으로 살펴본다면 결국 노동은 생존을 위한 행위이다. 즉, 먹을 것을 구하기 위한 행위인 것이다. 우리는 일을 통해 먹을 것을 구하지만 사실 그것은 가장 좋은 운동이 되기도 한다. 동물이든 사람이든 건강하려면 운동을 해야 한다. 노동과 운동은 다르다. 노동은 괴롭고 힘들지만 운동은 자신의 건강을 위해서 하는 놀이에 가깝다.

원래 생존을 위한 행위는 노동인 동시에 건강을 유지하기 위한 운동이다. 자연 상태의 짐승들은 먹이를 구하기 위해 많이 움직이기 때문에 비만증이 없다. 코끼리는 원래 그렇게 생긴 것이지 비만증이 아니다. 또 그들은 썩은 물이나 썩은 고기를 먹지만 배탈이 안 난다. 잔뜩 먹었다가 한참 굶었다가를 반복하지만 위장병이 없다. 그뿐만 아니라 성인병도 없고, 전염병에 대한 저항력도 강하다. 그래서 자연 상태의 짐승들은 총에 맞아 죽는다든지, 맹수에게 먹힌다든지 하는 사고를 당하지 않는 한 자기 수명만큼 살다 죽는다.

인간들은 살아서도 각종 질병에 시달리고 죽을 때도 대개가 병들어 죽는다. 사육되는 동물들은 인간을 닮았다. 그래서 전염병에도 잘 걸리고 원래 짐승들에게 없는 성인병, 위장병 따위에 걸리기도 한다. 예전에는 가축도 풀어 기르는 경우가 많았기 때문에 가축들 스스로 먹이를 구해야 했다. 그 과정에서 가축들은 몸을 움직이며 자신의 건강을 유지할 수 있었다. 그런데 요즘은 좁은 우리에 가두어 놓고 한 번도 풀어 주지 않는다. 소든 닭이든 돼지든 꼼짝 못 하게 해 놓고 살만 찌운다. 그것은 가축을 키우는 것이 아니라 육류 공장을 운영하는 것과 같다. 이렇게 사육되는 가축들에게는 질병이 아주 많아서 늘 항생주사를 놓아야 한다.

자연상태의 짐승과 사육되는 가축 사이에 이런 커다란 차이가 있듯이 사람도 마찬가지다. 채소를 가꾸고, 자기 손으로 나무를 해 와서 집을 짓고, 자기가 입을 옷을 만들면 운동부족이라는 말이 나올 수 없고, 병이 들 틈이 없다. 사람들이 그렇게 산다면 늘 이마에 땀이 밸 정도로 일을 해야 기본적인 의식주가 해결된다. 바로 이 상태가 몸이 가장 건강한 자연적 상태이다. 세계에서 유명한 장수자들을 보면 공기 맑고 물 좋은 곳에서 제 손으로 일을 하는 것이 장수의 조건이라는 것을 알 수 있다. 거기에 하나 덧붙이면 적게 먹는 것도 한 조건이다. 일부러 소식하는 것이 아니라 먹을 것이 없어서 적게 먹다 보니 자연히 그렇게 된 경우가 많다. 먹고사느라고 일을 하다 보니 운동이 되고, 먹을 것이 없어 적게 먹다 보니 건강에 이로웠던 것이다. 이것이 자연상태 그대로인 삶이다.

 ## 노동과 분리된 운동과 놀이

인간은 좀더 편안하게 살려고 머리를 굴려서 도구를 만들기 시작했다. 그에 따라 남는 생산물이 있어서 그것을 놓고 빼앗고 빼앗기는 다툼이 일어났다. 산에 가서 열매 따고 짐승을 잡기보다는 남의 것을 빼앗아 오는 것이 훨씬 쉽다는 걸 알고부터 이기심과 착취가 생겨나기 시작했다. 그러다가 사람들은 아예 사람을 묶어 놓고 부리는 것이 훨씬 더 낫다는 것을 알게 되었다. 이렇게 해서 노예계급이 발생했다. 이때 부림을 당하는 사람은 짐승만도 못한 삶을 살게 되었다. 짐승은 자기가 일한 것을 모두 자기가 먹는데, 이들은 자기가 일한 것의 대부분을 빼앗기고 자기는 조금밖에 먹을 수가 없었다. 또 자기 먹을 것과 남 먹을 것을 모두 생산해야 했기 때문에 늘 과다 노동에 시달렸다. 그래서 병에 걸리거나 일찍 죽었다.

반대로 부리는 사람은 앉아서 놀고 먹었다. 당연히 운동부족과 질병이 생길 수밖에 없었다. 그래서 옛날에는 착취 당하는 종도 빨리 죽고 착취하는 양반도 빨리 죽었다. 종은 과다 노동과 영양부족으로 죽고, 양반은 운동부족과 과도한 영양 섭취로 병들어 죽었다. 부리는 사람들은 일을 안 하고 살자니 심심하고 무료해서 견딜 수가 없었다. 그 결과 쾌락의 문화가 발달하게 되었다. 대표적인 것이 술, 가무, 성 세 가지다. 나중에는 마약까지 더해졌다. 노동할 때 놀이는 휴식이 되지만 술을 과음하고 성관계를 과다하게 갖고 춤을 죽기 살기로 추고 노래를 죽기 살기로 부르는 것은 노동보다 고단하다. 해친 건강을 회복하는 휴식의 놀이가 아니고, 놀이가 중노동이 되어 건강을 해치는 것이다. 노동 중간에 휴식으로서 놀이를 하는 것이 아니라 심심함을 못 견뎌 쾌락으로 놀이를 하는 사람들은 일상적 놀이에서 만족하기 어려우므로 갈수록 더 자극적인 놀이를 찾으며 허탈감을 달래려고 했다.

이렇게 불평등한 사회구조는 지배계층이나 피지배계층 모두에게 불행을 가져다 주었다. 지배계층조차 사회구조의 피해자가 되는 역설이 발생했던 것이다. 피지배계층도 이런 놀이에 참여하지만 어디까지나 노동의 연장일 뿐이었다. 노래 불러 주는 노동, 춤춰 주는 노동, 성적인 쾌락을 주는 노동, 술 따라 주는 노동이 그것이다. 이제 놀이와 노동은 완전히 나뉘어 버렸다. 노동을 하는 계층이 따로 있고, 놀이만 하는 계층이 따로 있게 된 것이다.

아주 자연스러운 신체 활동이었던 운동도 전문적으로 운동만 하는 사람과 그것을 구경만 하는 사람들로 나뉘었다. 자기 마음을 다스려서 행복과 해탈로 나아가는 수행도 일상의 삶에서 분리되어 전문 수행자와 그것을 후원하는 신도로 나뉘었다. 마치 운동을 전문으로 하는 사람들이 갖가지

기교를 만들어 내서 박수를 받는 것처럼 전문 수행자도 밥 먹고 수행만 하면서 온갖 수행의 기교를 만들어 냈다. 그래서 얼마 동안 굶었다든지, 장좌불와를 했다든지, 무슨 신통력이 있다든지 하는 것을 은근히 내세웠다. 그것을 갖고 존경이나 명예를 구하고 보시를 받아 사는 것이다. 엄격하게 말해서 신도는 이제 관중에 불과하다. 그래서 자기가 직접 수행한 얘기는 안 하고 어느 스님이 깨달았다, 어느 스님은 못 깨달았다, 어느 스님이 도가 더 높다고 하는 식의 관전평만 했다. 그것은 박찬호가 어쨌다, 선동렬이 어쨌다 하는 것처럼 자기 자신과는 아무런 관계가 없는 얘기다. 분명 운동에 관한 얘기지만 자기 자신의 건강과는 전혀 상관이 없고, 수행에 관한 얘기지만 자신의 마음을 편안하게 하는 것과는 조금도 관계가 없다. 이것이 바로 일상적인 삶에서 놀이와 운동, 수행이 제각각으로 나뉜 모습이다.

과거에는 인간을 계층에 따라 노예와 주인, 종과 양반으로 나누었는데, 지금은 노동자와 자본가로 나눈다. 노예와 종과 노동자는 죽기 살기로 일해야 하는 사람이고, 주인과 양반과 자본가는 노는 사람이다. 이런 식으로 일과 놀이를 분리하면서 사람들은 노동을 천하게 여기기 시작했다. 노동은 천한 노예나 종들이 하는 것, 가진 것 없는 사람들이나 하는 것이라고 생각하게 된 것이다.

기아와 질병, 문맹 퇴치를 목적으로 하는 (사)한국JTS는 인도에서 불가촉 천민 자녀들을 위한 학교를 운영하고 있는데, 노동에 대한 사람들의 인식 때문에 일을 하기가 무척 어렵다. 인도 사람들은 곡괭이로 땅을 파고 청소를 하는 것은 천한 사람들이나 하는 일이라고 생각한다. 바이샤는 장사만 해야 하고, 크샤트리아는 전쟁만 해야 하며, 천한 농사일은 하면 안 된다고 생각한다. 브라만도 제사만 지내고 노동을 하면 안 된다고 생각한다. 이렇게 각각의 계급에 속한 사람마다 노동은 스스로를 천하게 만드는 것이라고 하면서 일할 생각을 안 한다. 그래서 학교에 있는 선생들도 손끝 하나 까딱하지 않으려고 한다. 청소할 때도 선생은 앞에서 팔짱 끼고 서 있을 뿐이다. 왜냐 하면 청소하는 천민, 밥하는 천민, 아기보는 천민, 빨래하는 천민이 따로 있는 사회이기 때문이다.

인도의 둥게스와리에서 아이들을 가르쳐 놓으면 절대 노동은 하지 않으려고 한다. 그런 것은 학교를 안 다닌 사람들이 하는 일이지 공부해서 그런 것을 할 바에야 뭐 하러 공부를 하느냐는 것이다. 그래서 모두 공부하면 공무원이 되려고만 한다. 인도의 지방에는 다른 큰 회사가 없다 보니 학교를 졸업하고 나서 가장 되고 싶은 것이 공무원이다. 하지만 공무원의 숫자는 어차피 제한되어 있고, 지금 시대에 필요한 것은 전문기술인데 그런 육체적 노동은 천하고 못 배운 사람들이 하는 것이라며 무조건 배격한다. 이 의식을 바꾸기가 상당히 어렵다. 하지만 천하다는 것은, 엄격하게 말하면, 생각으로 그런 것이지 실제로 육체가 그런 것은 아니다. 다만 사람들이 그렇게 생각할 뿐이다.

노동해방운동의 철학적 오류

　놀이와 일이 분리된 이후 사람들은 '놀이는 신분이 높은 사람들이 하던 것이었으므로 귀한 것이다. 또 노는 것은 육체적으로 편하기 때문에 좋은 것이다. 노동은 천한 사람들이 하는 힘든 일이다.' 라고 생각하게 되었다. 그래서 노동을 하더라도 궁극적으로는 노동을 안 하게 되는 것이 목표이다. 즉, 어쩔 수 없어서 노동을 할 뿐 언젠가 돈을 많이 벌면 노동을 안 하고 놀며 살겠다고 생각하는 것이다. 그것이 많은 사람들의 인생 목표이다. 노동이 목표가 아니고 놀이가 인생의 목표인 것이다. 하지만 이렇게 되면 노동을 하는 동안 아무런 가치도, 보람도 못 느끼게 되기 때문에 삶이 괴로울 수밖에 없다.

　노동은 하기 싫지만 돈을 벌기 위해서는 어쩔 수 없이 해야만 한다. 그래서 월급 받으면 놀아서 스트레스를 풀어야 한다. 그러니까 돈을 주고 논다. 똑같이 나이트클럽에서 흔드는데 무대 위에서 흔드는 사람들은 돈 받고 흔들고, 무대 아래에서 흔드는 사람들은 돈 내고 흔든다. 돈 받고 흔드는 것은 노동이고, 돈 내고 흔드는 것은 놀이다. 노래를 부를 때도 돈 받고 부르면 노동이고, 돈 내고 부르면 놀이다. 이렇게 놀이와 노동이 분리되었다

　돈을 낸다는 것은 자기가 선택한 것이라는 의미를 갖는다. 즉, 행위의 주체가 자기다. 거꾸로 돈을 받는다는 것은 돈 때문에 어쩔 수 없이 하는,

행위의 객체가 될 수밖에 없다. 결국 돈에 매여 있다. 주체가 되는 쪽도 돈에 의해 주체가 되기 때문에 마찬가지다. 이렇게 돈에 매인 삶을 살기 때문에 사람들은 노동의 해방을 '일은 적게 하고 돈은 많이 버는 것'이라고 생각한다. 그런데 일을 안 하고 돈을 받는다는 것은 바로 착취계급에 들어간다는 뜻이다. 그래서 노동운동하는 사람들은 자기들이 하는 운동이 피착취계급의 해방운동이라고 주장하지만 그 내용을 살펴보면 착취계급의 가치관에 철학적 바탕을 둔 운동이다. 우리가 '일은 하지 않고 앉아서 돈을 받으면 좋겠다.', '일은 적게 하고 한 달에 몇백만 원씩 받으면 얼마나 좋을까?', '복권이 당첨되면 얼마나 좋을까?', '주식이 엄청나게 오르면 얼마나 좋을까?', '모르던 친척에게서 갑자기 재산을 상속 받으면 얼마나 좋을까?'라고 생각하는 것은 양반이나 자본가로 살고 싶다는 말과 똑같다.

오늘날 여성운동이 빠져 있는 딜레마도 마찬가지다. 남성에게 빼앗긴 여성의 권리를 되찾자는 여성해방운동이 남성들처럼 사는 것이 여성해방이라는 쪽으로 흘러가고 있는데, 그것은 입장만 바뀌었을 뿐 권위적, 가부장적 질서를 그대로 유지한다는 점에서 진정한 의미의 해방은 아니다. 노동운동가든 여성운동가든 상대를 비판하면서 실제로는 자신도 상대가 누리고 있는 것을 똑같이 누리고 싶다는 욕심을 갖고 있는 것이다. 누구나 일은 적게, 편하게 하고 돈은 많이 벌고 싶어한다. 그것이 오늘날 모든 운동의 지향점이다. 하지만 억압에서 벗어나는 것은 좋지만, 그것이 궁극적인 목표가 되면 안 된다. 누군가 적게 일하고 돈을 많이 받으면 반드시 일은 많이 하고 돈은 적게 받는 사람이 있게 마련이다. 억압에서의 해방이 아니라 억압의 이동에 불과한 것이다. 이것이 자본주의적 경제질서가 가진 한계이다.

지배와 피지배, 그 이분법적 논리의 극복

불교는 많이 일하고 적게 가지라고 가르친다. 적게 일하고 많이 받고 싶은데 어쩔 수 없이 많이 일하고 적게 가진다면 그것은 착취를 당하는 것이다. 하지만 스스로 선택해서 많이 일하고 적게 받는다면 그것은 착취가 아니라 베풂이다. 많이 갖고 살고 싶은데 돈이 없어서 조금밖에 못 갖고 살면 비참한 가난이다. 그렇게 어쩔 수 없이 가난하게 살면 빈곤이 되지만 스스로 가난하게 살면 자랑스러운 청빈이 된다. 그러므로 사실 재물이 있다 없다 하는 것이 중요한 것이 아니라 그것을 받아들이는 마음 상태가 중요하다. 어떤 남자가 여자를 껴안았을 때 여자가 싫다고 하면 성추행이 되지만, 여자가 좋아하면 사랑을 나눈 것이 된다. 껴안았다는 것 자체에는 별 의미가 없다. 사람의 마음 상태에 따라 성추행이 되기도 하고 사랑의 행위가 되기도 한다.

다른 것도 마찬가지다. 내가 주체적으로 어떻게 대응하느냐에 따라서 보살행이 되기도 하고 노예생활이 되기도 한다. 성인이 되기도 하고 바보가 되기도 한다. 그러므로 어떤 행위든 내가 주체로 참여할 수 있어야 한다. 욕구를 따라 가는 것은 주체가 아니고 욕구에 종속된 객체가 되는 것이다. 그래서 불교에서는 욕구를 놓으라고 가르친다. 그러면 자기 삶의 주체가 될 수 있다. 돈에서 해방되려면 돈을 엄청나게 많이 벌어서 해방되는 게 아니라 돈에 대한 집착심을 내려놓아야 한다. 주체가 된다는 것은 내가 내 삶의 주인이 된다는 것이다. 어쩔 수 없이 끌려 다니지 말아야 한다는 것이다. 하지만 대개의 사람들은 돈에, 자기 욕망에, 상황에 끌려 다니기만 한다. 그래서 인생이 괴롭다.

다른 사람의 보살핌을 받고 싶은 마음, 남에게 의지하고 싶은 마음도 끌려 다니는 마음이다. 보살핌을 받는다는 것은 상대가 어른이고 나는 아이라는 얘기다. 도움을 원한다는 것은 상대가 주인이고 내가 종이라는 얘기다. 보살핌과 도움을 받고 싶은 것은 오래 된 노예근성이다. 여성해방을 주장할 정도로 똑똑한 여자일수록 좋아하는 남자는 자기보다 똑똑한 남자이다. 남자라면 어쨌든 믿고 의지할 만해야 한다고 생각하기 때문이다. 남자들은 여자들을 보살피려고 하지 여자에게 믿고 의지하려고 하지 않는다. 사기쳐서 여자 돈을 빼앗는 남자도 자기 여자는 보살피려고 한다. 그런데 여자는 아무리 똑똑해도 남자에게 의지하려고 한다. 그래서 여자가 부처가 못 된다는 얘기가 나왔다. 여성의 육체가 부처가 되기에 적당하지 않다는 얘기가 아니라, 그런 의지심을 갖고 있으면 자기가 자기 삶의 주인이 되지 못한다는 얘기다. 남자는 자기보다 경제가 어렵거나 신분이 낮은 여자와 살 수 있지만, 여자는 절대 자기보다 못한 남자와 못 산다. 돈도 자기보다 못 벌고, 키도 자기보다 작고, 능력도 자기보다 못한 데다 마음까지 약해서 우유부단한 남자와 같이 살 여자가 과연 있겠는가?

몇천 년에 걸쳐 여자들이 남자를 의지처로 삼아 살아왔기 때문에 남자는 강해야 한다고 생각한다. 여자도 스스로 의지처가 되면 놀라울 만큼 강해진다. 엄마로서의 여자가 바로 그 경우이다. 아이의 보호자로서 여자는 자기 몸을 희생해서라도 아이를 보호한다. 모성적 여성은 주인으로서 여성이고, 우리가 보통 말하는 여성은 종으로서 여성이다. 남녀 관계에 있어서 여성은 노예로서 여성에 속한다.

우리가 앞으로 여성운동이나 노동운동을 할 때 극복해야 할 관점이 있다. '전에는 남자에게 여자가 억눌려서 살았는데, 이제는 그렇게 살 필요가 없다.', '남자가 담배를 피우니 여자도 피우자.', '너 혼자만 바람 피우냐? 나도 피우자.', '너 혼자만 잘 났냐? 나도 잘 났다.', '뼈빠지게 일했는데 너 혼자만 잘 먹냐? 나도 너처럼 잘 먹자. 월급 더 내놓아라.' 이런 여성운동과 노동운동의 관점을 갖고 있다면 극복해야 한다.

해방에는 피해의식이 전제되어 있을 수밖에 없다. 그런데 이 해방의 논리를 철학적으로, 근본적으로 살펴보면 모두 지배자의 논리를 따르고 있다. 그래서 여성이 해방되려면 과거의 지배자였던 남성을 피지배계층으로 만들어 억압해야 한다든지, 노동자가 해방되려면 자본가계층을 억압해야 한다고 주장한다. 결국 어느 것도 해방되지 못한다. 완전한 해방은 지배와 피지배라는 논리 자체에서 벗어나야 한다.

물론 남성들이 여성을 학대하고 차별하는 것은 고쳐야 한다. 하지만 여성들도 자기 반성을 해야 한다. 나는 얼마 전에 성폭력상담을 하는 여성들을 만나 본 적이 있었다. 그런데 안타깝게도 그들은 객관적으로 상황을 보는 눈이 부족했다. 여성이라는 이유로 억압받고 산 삶 때문에 한이 맺혀서 그렇겠지만 도가 지나치다는 느낌을 받았다. 예를 들어 누군가 'ㅇㅇ라는 사람이 나를 만졌다.' 라고 신고하면 그 ㅇㅇ라는 사람이 그럴 만한 사람인지 아닌지, 신고 내용이 타당성이 있는지 없는지 살피는 진실규명 작업은 제대로 하지 않고, '너 잘 걸렸다.' 며 벌떼처럼 일어나는 수준이었다. 비록 성추행문제라 해도 사실을 조사해서 차분하게 대응해야 하는데, 사실이야 어떻든 여자는 무조건 억울하고 분하다며 우르르 들고 일어난다면, 이것을 어떻게 여성해방운동이라고 할 수 있겠는가?

사실 여성운동계뿐만 아니라 우리 사회 여러 곳에서 이런 경우를 볼 수 있다. 그래서 여자가 얘기하면 다 옳은 것이고, 노동자가 얘기하면 다 옳은 것이 되었다. 기업인은 무조건 죽일 놈이고, 남자는 다 똑같은 놈이 되었다. 사람들이 과거의 경험에만 지나치게 집착한 데다 자신도 모르게 기득권자의 철학을 갖고 사회를 바꾸려고 하기 때문에 이런 논리적 모순을 갖게 된 것이다. 오랫동안 공무원이 민원인을 무시하는 분위기 속에서 살았기 때문에 공무원이라면 무조건 나쁘게 보는 것도 마찬가지다. 민원인이 잘못했어도 공무원이 불친절해서 그렇게 되었다고 공무원이 죄를 뒤집어

쓰는 경우도 있다.

사람들이 과거의 경험에 집착하는 한 그런 사고방식에서 벗어나기는 힘들다. 그래서 남자들은 누구나 가부장적이고, 자본가는 무조건 부도덕하고, 공무원은 언제나 불친절하다고 생각한다. 그러니 남자와 여자가 대립하면 무조건 가부장적 질서에서 벗어나지 못한 남자의 잘못이고, 자본가와 노동자가 대립하면 착취당하는 노동자가 언제나 옳다. 결국 또 다른 지배논리를 따라가는 것이다. 하지만 이제는 사고방식의 균형을 제대로 잡아야 한다. 그러려면 우리가 사고방식을 바꿔야 한다.

주체적 삶을 통한 노동과 놀이의 일치

불교의 보살행에서 한쪽으로 치우친 사고방식을 바로잡을 수 있는 방법을 찾을 수 있다. 보살행을 하는 것이 바로 자기실현이다. 보살은 노동을 통해서 자기를 실현한다. 마치 돈 내고 놀듯이 즐겁고 재미있게 일한다. 이렇게 노동이 놀이가 되는 것이 진정한 노동해방이다. 노동과 놀이를 나눠서 전문적으로 노동하는 사람과 전문적으로 노는 사람을 더 이상 만들지 말아야 한다. 운동과 수행도 마찬가지다. 전문적으로 운동하는 사람과 그것을 구경하는 사람, 전문적으로 수행하는 사람과 그들을 후원하고 지지해 주는 사람으로 더 이상 나누지 말아야 한다. 즉, 모든 사람들이 스스로 노동하고, 스스로 놀며, 스스로 운동하고, 스스로 수행하는, 모두가 주인되는 사회를 만들어야 한다.

무엇을 하든 놀이를 하듯이 즐겁고 보람있게, 자기 스스로 하는 것이 필요하다. 우리는 노동과 놀이가 일치하는 삶을 살아야 한다. 이제는 '노동은 나를 착취하는 것'이라는 생각을 버리고 노동을 자기실현이라고 생각해야 한다. 그렇게 되면 돈 때문에 어쩔 수 없이 나가야 하는 괴로운 곳이었던 직장이 자기실현을 할 수 있는 삶의 터전으로 바뀌게 된다. 우리 사회는 지금 어떤 일을 해도 굶어 죽지는 않는다. 그러므로 직업을 선택할 때 월급에 구애받지 않고 가장 하고 싶은 일을 선택하는 것이 좋다. 월급 200만 원 받는 직장에 다니면서 쌓인 스트레스 푼다고 술값으로 100만 원을 날리느니, 처음부터 100만 원 받으면서 즐겁게 일할 수 있는 직업을 찾자는 것이다. 그러면 그것이 일인 동시에 놀이가 된다. 그렇게 바꿔 나가면 인생이 달라진다.

젊어서는 하기 싫은 일을 하고 나이 들었을 때 하고 싶은 일 하면서 나를 실현하겠다는 생각은 어리석다. 낮에는 일하고 저녁에는 놀면서 자기를 실현하겠다는 생각도 역시 어리석다. 그러다가 내일 당장 죽어 버리면 자기실현도 못 해보고 죽으니 얼마나 억울하겠는가. 바로 직장에 가는 것이 자기실현이고, 일 하는 것이 자기실현이며, 법문 듣는 것도 자기실현이고, 연등 다는 것도 자기실현이다. 강의 듣는 것도 자기실현이고, 강의하는 것도 자기실현이다. 삶의 모든 일이 전부 자기실현인 것이다. 그런데 우리는 생각을 바꾸지 못하기 때문에 놀이와 노동, 자기실현과 노동을 나누어 놓고 산다. 그래서 일주일 내내 죽도록 일하고 주말에는 스트레스 푼다고 놀면서 또 엄청나게 몸과 마음을 혹사한다. 자기실현은 뒤로 미뤄 놓고는 죽도록 일해서 번 돈을 술값으로, 건강에 해로운 담뱃값으로 다 써 버린다. 그런데도 도대체 뭐가 잘못됐는지를 모른다. 그래서 법문 듣고 삶의 의미를 찾는 것보다는 건강 나빠지는 술자리를 더 좋아하고, 공기 나쁜 나이트클럽에서 담배 피우며 죽도록 몸을 흔들어댄다. 그 시간에 밭에 나가서 일을 하면 운동도 되고 남에게 칭찬도 듣고 돈도 벌고 할 텐데 그런 것은 하기 싫어한다.

산에서 나무해 오는 것은 노동이라고 싫어하지만, 배낭에 온갖 잡동사니를 넣어서 그 무거운 것을 매고 산꼭대기까지 오르는 것은 아무리 힘이 들어도 좋아한다. 스스로 좋아서 하는 일이기 때문이다. 생각을 조금만 바꾸면 바로 인생이 즐겁고 행복해진다. 도대체 사람들은 언제쯤이면 이런 사실을 깨달을까?

정토회에서는 모든 사람들이 자원봉사로 일하고 있다. 사람들은 이걸 놓고 오해를 많이 한다. 하지만 다른 사람들과 다를 것이 전혀 없다. 200만 원의 월급이 통장으로 들어왔다가 생활비 얼마, 전기료 얼마, 수도료 얼마로 다 자동인출되고 나니 남는 게 없다는 것이나, 정토회에서 먹고 자고 생활하는 것이나 결과적으로 마찬가지인 것이다. 이렇게 월급이라는게 없으면 저임금이니 고임금이니 하고 골치 아플 것이 없다. 고임금이라고 욕 얻어먹을 이유도 없고, 저임금이라고 멸시당할 이유도 없다. 머지않아 사람들의 생활이 모두 그렇게 될 것이다. 옛날에 스님들이 바랑 하나 지고 살았듯이 이사갈 때는 가방 하나만 달랑 들고 가면 되고, 직장도 마찬가지여서 영국에 가서 살고 싶으면 컴퓨터 두드려 보고 청소부든 트럭 운전수든 일거리 찾아 거기 가서 일하고 살면 된다. 그러니 평생직장이라고 할 것도 없고 직장에서 떨려 나왔다고 죽는 소리 할 필요도 없다.

평생직장이란 것도 알고 보면 노예의 속성이다. 노예는 주인에게, 농노는 땅에, 노동자는 돈에 묶여 있다. 모두 묶여 있기는 매한가지다. 진정한 평생직장은 수행을 통해 자기를 실현할 수 있는 곳이어야 한다. 그래야만 삶의 주인이 되어 살 수 있다. 또한 노동이 놀이와 휴식이 되는 것, 일이 바로 수행이 되는 것이 진정한 노동의 해방이다. 자기가 자기 운명을 온전히 움켜쥐면 이것이야말로 진정한 노동의 해방이다. 자기 삶의 완벽한 주체가 되는 것, 그것이 바로 부처의 삶이다. 대가가 있건 없건 스스로 원해서 스스로 즐겁게 사는 보살들이야말로 노동에서 완전히 해방된 사람들이다. 관세음보살님 같은 분, 지장보살님 같은 분은 얼마나 일이 많으며, 또 그 일은 얼마나 힘든 일인가. 그런데도 그분들은 노동에서 완전히 해방되었다.

따라서 승려니 속인이니, 세간이니 출세간이니, 머리를 깎았느니 길렀느니, 둘이 사니 혼자 사니, 고기를 먹니 안 먹니 하면서 분별할 필요가 없다. 그런데 사람들은 혼자는 못 살고 꼭 짝지어서 살다 보니 혼자 사는 것을 대단한 것처럼 본다. 그래서 스님처럼 혼자 사는 것을 이상적으로 생각한다. 그러나 실제로 많은 사람들이 그렇게는 못 산다. 그러니 얼마나 인생이 힘든가. 자기가 자기 원하는 대로 안 되는 존재인 것이다. 이런 얽매임은 사람들의 사고방식 때문이다. 예를 들어, 흑백 인종갈등에 있어서도 흑인들 스스로가 '검은 것은 어둠이고 어둠은 사탄이며, 흰 것은 밝음이고 밝은 것은 천사'라는 사고방식을 갖고 있는 한 인종문제를 근본적으로 해결하기는 어렵다. 여기에는 '검은 것이 아름답다.'라고 획기적으로 생각을 바꾸는 것이 필요하다. 마틴 루터 킹과 말콤 엑스의 차이가 바로 그와 같은 것이다. 검은 것 자체가 아름답다고 하면 피부색이 검다고 해서 문제될 것이 하나도 없다.

그런데 사람들이 인식을 그렇게 바꾸기가 어렵다. 담배를 피우던 사람이 담배를 끊기가 어려운 것처럼 그동안의 사고방식에 중독되어 있기 때문이다. 하지만 생각을 바꾸는 것은 사실 그렇게 어려운 일이 아니다. 장님을 키작은 나무에 매달아 놓고 그에게 '발 밑이 천 길 낭떠러지다.'라고 말하면 그는 절대로 손을 놓을 수가 없다. 그러나 눈 뜬 사람이 보면 실제로는 땅에서 고작해야 몇 뼘밖에 떨어지지 않은 데 매달려 있을 뿐이다. 그냥 손을 탁 놓으면 되는 것이다. 지금 자기 생각에 사로잡혀 사는 사람들이 바로 이 장님 꼴이다. 손을 놓아 버려도 아무 일 없다.

결론적으로 말해 나는 인간이 모든 착취에서 해방됨을 지지한다. 약소민족의 해방, 여성의 해방, 계급의 해방, 노동자의 해방에 원론적으로 지지를 보낸다. 하지만 중요한 것은 피해의식에서 벗어나는 해방, 해방이 새로운 억압을 만드는 악순환의 고리에서 벗어나는 해방을 해야 한다는 것이다. 그래서 여성들에게 남편에게 '제가 잘못했습니다.'라고 기도하라고 하면 여성들은 옛날처럼 살아야 하느냐고 되묻지만 결코 그렇지 않다. 그렇게 하는 것이 진정한 해방이다. 여자들은 5천 년 동안 억압받고 살았다. 그러면서 남자에게 보호 받아 왔다. 이제는 여자가 남자들을 애 돌보듯 보살피면 정신적인 우위를 확실하게 점유할 수 있게 된다. 그렇게 되면 어떤 남자가 여자를 무시하고 억압할 수 있겠는가.

부부 관계도 이런 식으로 풀어가야 한다. 남편이나 아내에게 잘 해 주는 것 자체를 내 삶의 보람, 내 삶의 즐거운 놀이로 삼아 배려해 주고 사랑해 주면 남편이나 아내는 무척 고마워할 것이다. 그러면 둘 다 행복해질 수 있다. 그리고 둘 다 주체적인 삶을 살 수 있다. 자기가 주체가 되지 못하고 무엇인가 바라는 것에 종속되어 있으면 즉, '내가 너를 사랑하는데 너는 나에게 무엇을 해 주겠느냐? 라는 식이면 아내는 기생 수준을 못 벗어나게 된다. 남편 역시 마찬가지다.

앞으로는 세계의 흐름도 그렇게 될 것이다. 이제까지는 군사력, 정치력, 경제력, 정보력 따위가 세계를 지배했지만 앞으로는 도덕성이 아주 중요한 파워가 된다. 도덕성이 세상을 움직이는 시대가 바로 성군정치의 시대이다. 이런 예를 우리는 NGO에서 찾아볼 수 있다. 자기 이익을 추구하지 않는다는 도덕적 태도를 지닌 몇 명 안 되는 사람들이 세상의 문제를 거론하고 자신들의 바른 견해를 관철시킨다. 이것이 바로 도덕성의 힘이다. 이런 도덕성의 시대가 가능하려면 사람들이 저마다 수행을 통해 자기 자신의 욕심을 다스리고 자기 견해의 고집을 내려놓을 수 있어야 한다. 그럼으로써 정신적인 해방이 가능하다. 노동해방, 여성해방 등 모든 해방운동은 궁극적으로 정신적인 해방운동이 되어야 한다.

과학과 종교의 한계를 넘어

이제는 따라 배우는 데 한계가 왔다. 사실 앞서 있다고 생각했던 그 사람들도 방향을 제대로 알고 간 것은 아니었다.

그러니 이제는 미국이나 일본을 무조건 따라갈 수도 없다.

결국 이런 시대에는 모든 과제가 바로 자기 자신의 것이 될 수밖에 없다.

더 이상 남에게 묻거나 무조건 따라 해서 되는 게 아니다.

우리는 지난 몇십 년 동안 '교육은 어떻게 해야 하는가? 경제는 어떻게 해야 하는가?'

이렇게 물으면 답이 나오는 인생을 살았다. 그런데 이제는 답이 없다. 이제 각자 연구할 수밖에 없다.

🌱 어디에도 답이 없는 시대

4, 50대의 농촌 출신 사람들은 사실 혼란 속에서 살고 있다. 전통적인 농경사회에서 산업사회로 변한 것만 해도 엄청난 충격인데, 산업사회에 채 적응하기도 전에 벌써 정보화사회라고 하는 도도한 변화의 흐름 속에 몸을 담고 있기 때문이다. 삶과 사회구조의 이런 커다란 변화는 당연히 그만큼 큰 혼란을 불러일으킨다. 그래서 지금 대부분 사람들의 심리 속에는 불안함이 숨겨져 있다.

미국 교민들을 보면 '준정신병환자'라고 불러도 좋을 만큼 불안정한 심리상태를 가진 사람들이 많다. 분명 정상적인 사람들인데 말도 다르고 문화도 다른 남의 나라에서 힘겹게 몇십 년을 살다 보니 그 압박감을 이기기가 힘들었던 것이다. 사실 어느 개인의 문제가 아니라 교민이라는 집단 모두가 그런 상태라고 할 수 있다. 그래서 교민사회에는 스트레스가 더 많고 떠도는 말들도 많다. 그만큼 사소한 일에 더 민감하게 반응한다.

하지만 이것은 외국의 교포사회에 국한된 이야기가 아니다. 바로 지금 우리 사회의 현주소도 이와 다르지 않다. 과거 전통적인 사회에서 살았던 사람들과 비교해 보면 우리들 모두가 지금 지나치게 들떠 있고 불안정한 준정신병 상태라고 할 수 있다. 원래 정신병의 기준이란 사람들의 평균치를 벗어난 것을 의미한다. 지금은 모든 사람들이 비정상이기 때문에 비정상 자체가 평균이 되어서 비정상이 정상처럼 인식되고 있다. 그래서 아주 심하게 미치지 않으면 다들 정상이라고 얘기하는데, 자세히 살펴보면 대개의 정상적인 사람들도 심각한 비정상적 상태이다.

이러한 사회적 혼돈을 다른 시각으로 보면 '새로운 시대가 오기 위한 변화'라고 볼 수 있다. 변화의 시대에는 새로운 기회가 아주 많다. 전통사회의 신분이 바뀌고, 위계질서가 무너져 재편되며, 재산가치와 사회가치, 직업가치를 보는 시각도 변한다. 전통사회와 새로운 사회는 각자 장단점을 갖고 있다. 전통사회는 특별한 변화가 없기 때문에 모든 기회들이 닫혀 있었던 반면 안정적이었다. 하지만 새로운 사회는 엄청나게 빨리 모든 것들이 변화하므로 불안정하고, 그 대신 새로운 기회가 많이 열려 있다. 그래서 가난한 사람이 부자가 되기도 하고, 신분제사회에서 천민 출신이었던 사람이 사회지도층이 되기도 한다.

우리나라는 특히 사회적 변화가 빠른 나라 중의 하나이다. 동양적 전통 가치관이 서구적 가치관으로 바뀐 것은 불과 30여 년 전의 일에 불과하다. 현재 전통사회에서 산업사회로 발전하고 있는 중국과 같은 나라의 사회변화를 예측하는 것은 얼마든지 가능하다. 그것은 서양과 일부 동양권 국가들이 이미 경험한 것이기 때문이다. 하지만 우리나라가 처해 있는 현재의 산업사회가 새로운 사회로 진입하면 어떻게 변할 것이라고 정확하게 예측하기란 사실상 불가능하다. 어느 나라도 경험해 본 적이 없는 새로운 차원의 변화이기 때문이다. 과거에는 미국과 일본의 발전속도가 우리보다 30년 정도 빨랐기 때문에 미국이나 일본에 가서 배워온 기술이나 지식을 20

년은 써먹을 수 있었다. 하지만 이제는 고작해야 10년 정도 앞서고 있을 뿐이어서 우리에게 큰 도움이 안 된다. 우리 조상들은 중국을 많이 따라 배웠다. 중국에 유학을 갔다 오면 새로운 아이디어가 생겼고 우리가 어떻게 살아야 할지 방향을 잡을 수 있었다. 일제시대에는 일본에 갔다 오면 방향을 잡을 수 있었고, 해방 이후에는 미국에 갔다 오면 방향을 잡을 수 있었다. 그런데 이제는 따라 배우는 데 한계가 왔다. 사실 앞서 있다고 생각했던 그 사람들도 방향을 제대로 알고 간 것은 아니었다. 그러니 이제는 미국이나 일본을 무조건 따라갈 수도 없다. 결국 이런 시대에는 모든 과제가 바로 자기 자신의 것이 될 수밖에 없다. 더 이상 남에게 묻거나 무조건 따라 해서 되는 게 아니다. 우리는 지난 몇십 년 동안 '교육은 어떻게 해야 하는가? 경제는 어떻게 해야 하는가?' 이렇게 물으면 답이 나오는 인생을 살았다. 그런데 이제는 답이 없다. 이제 각자 연구할 수밖에 없다.

과학적 연구와 불교의 구도(求道)

연구한다는 것은 정보를 생산한다는 것이다. 정보를 생산할 수 있는 사람은 미래사회에서 살아남을 수 있고 정보생산력이 없는 사람은 도태될 것이다. 그래서 새로운 시대는 정보의 시대가 된다. 물리학자나 천문학자, 유전공학자들은 우리가 몰랐던 것들을 계속 연구해서 새로운 사실들을 밝혀내고 있다. 과거에는 그런 연구가 학자의 영역이었다. 하지만 이제는 분야만 다를 뿐 모든 사람들이 연구하는 시대가 되었다. 앞선 것을 따라갈 때는 믿음이 중요하지만, 따라갈 데가 없을 때에는 연구가 중요해진다. 이 말은 종교보다 과학이 더 우위에 선다는 뜻으로도 해석할 수 있는데, 이미 오래 전에 그렇게 되었다. 종교라는 것은 옛날에 누군가 말해 놓은 것을 믿고 따라가는 것이고, 과학은 새로운 것을 계속 연구하는 것이다. 그래서 현대사회에서는 과학이 종교 대신 진리의 자리를 차지했다.

그런데 현대사회의 진리인 과학과 종교로서 과거시대의 진리였던 불교는 공통점이 있다. 그것은 바로 연구하는 자세이다. 불교는 종교로서 믿고 따르는 속성을 갖고 있지만 믿음이 핵심은 아니다. 불교는 연구하는 태도가 핵심이다. 그래서 불교에서는 신앙심이라는 말을 쓰지 않고 구도심(求道心)이라고 한다. 또한 불교에는 성직자라는 말이 없다. 대신 구도자, 수행자라는 말을 쓴다. 성직자는 믿음을 갖고 신과 인간 사이를 매개하며 신의 메시지를 전해 주는 사람이다. 반면 구도자는 '진리는 무엇일까?' 하고 끝없이 연구하는 사람이다. 그래서 수행자라고 한다. 브라만이 성직자라면 부처는 구도자이다. 성직자는 누군가에게 배워서 따라 하면 되지만 구도자는 스스로 끝없이 길을 찾고 구해야 한다. 그래서 그 이치를, 그 원리를, 그 본질을 깨달아야 한다.

오늘날 불교가 생명력을 잃은 것은 바로 이러한 구도적 자세가 부족하기 때문이다. 오늘날의 승려들은 구도자보다는 성직자의 역할을 더 많이 한다. 사회에서 요구하는 종교인의 역할을 맡고 있는 것이다. 하지만 부처님이 가셨던 원래의 길은 사회에 의해 주어진 길이 아니었다. 인간의 삶과 사회에 나타나는 모순을 끝없이 연구하는 과정을 통해서 진실에 도달하는 여정이었다. 부처님은 부모가 싫어서 부모를 버린 게 아니었고 처자식이 싫어서 처자식을 버린 것도 아니었다. 기존의 윤리, 도덕, 가치체계 속에서 '과연 이것이 진리일까?' 라는 엄중한 문제제기를 하면서 진리를 하나씩 발견해 가는 과정이 부처님의 삶이었던 것이다. 그렇기 때문에 우리는 종교인으로서 불자인지, 구도자로서 불자인지 한 번쯤 생각해 볼 필요가 있다.

구도자로서 불자라면 어떤 상황 속에서도 연구하는 태도를 잃지 말아야 한다. 머리를 깎았느냐 안 깎았느냐 하는 것으로 구도자인가 아닌가를 나눌 수는 없다. 머리를 깎은 것은 승려라는 사회적 직업의 표시일 뿐이다. 구도자는 그런 형식으로 결정되는 것이 아니다. 구도자는 결코 모양을 갖고 결정할 수 없다. 한 아이가 중학교까지 공부를 잘 하더니 갑자기 반항하고 집을 나갔다. 그때 붙잡아 놓고 훈계하며 때리는 것은 세속의 행위이고, 부처님에게 '우리 자식 돌아오게 해 주세요.' 라며 비는 것은 신앙적 종교 행위이다. '아이가 왜 집을 나갔을까? 어떻게 해 주면 다시 집에서 평화를 얻는 아이가 될 수 있을까?' 이렇게 진지하게 연구하면 이것이 바로 구도자이다. 연구를 깊게 하다 보면 그것이 계기가 되어 청소년문제 전문가가 될 수도 있다.

직장에 나가서 열심히 돈을 벌어 아내에게 갖다 주고 또 늘 사랑해 주었는데도 아내가 바람을 피운다고 치자. 아무리 생각해도 이해가 안 되고 도저히 알 수 없는 일이다. 바로 이렇게 '나로서는 도저히 알 수 없는 일'이기 때문에 연구를 해야 한다. 알면 연구할 것이 없다. 이렇게 연구하는 자세가 가장 철저한 것이 바로 화두이다. 많은 사람들이 화두를 연구도 안 하고 무조건 그것이 무슨 뜻인지 묻는다. 화두라는 것은 이 세상에서 아무도 모르는 것이다. 그렇기 때문에 화두이다. 화두는 스스로 연구해서 답을 찾아야 하는 것이다. 보거나 듣거나 남에게 물어봐서 알 수 있는 것에 화두라는 용어를 쓰면 안 된다. 나도 모르고 너도 모르고 도대체 어디에도 답이 없다. 그러니 스스로 연구해서 답을 찾아야만 한다. 어떤 답이 나올지도 알 수가 없다. 알 수 있는 근거가 0.1%도 안 될 때 그것을 화두라고 한다. 오직 '도대체 이것이 무엇일까?' 몰두할 뿐이다. 그렇기 때문에 끝없이 정보를 생산해 낼 수 있게 된다. 여기에 과학자와 불교 수행자의 공통점이 있다.

 화두

과학자는 가설을 세우고 검증을 하며 끝없이 연구한다. 어떤 진리가 있다고 해서 과학이 그 권위에 안주해 버리면 과학은 급속도로 퇴보한다. 뉴튼의 물리학에 대해 문제를 제기하지 않았으면 아인슈타인의 상대성이론은 나올 수 없었을 것이다. 또한 아인슈타인의 입자론에 대해 문제를 제기하지 않았으면 오늘날의 파동설이나 양자역학 같은 것은 없었을 것이다. 과학자들은 조금의 모순이라도 보이면 바로 파고들어간다. 돌턴은 원자라는 것은 더 이상 쪼갤 수 없는 최소의 알갱이라고 선언했다. 이것을 전제로 해서 많은 것들을 완벽하게 설명할 수 있게 되었다. 그래서 일정 성분비의 법칙, 배수 비례의 법칙, 질량 불변의 법칙이 나왔고 갖가지 화학변화를 모두 설명할 수 있었다. 그런데 이것을 믿는 데서 그쳤다면 더 이상의 발전은 없었을 것이다. 그것을 완전히 부정한 것은 아니었지만, 뭔가 더 있을 것 같다는 생각에 과학자들은 연구를 거듭했고, 그 결과 톰슨이 전자를 발견해 냈다. 톰슨이 발견한 것을 보고 또 뭔가 더 있을 것이라고 생각한 그의 제자 레드포드가 원자핵을 발견했다.

불교도 이렇게 연구하는 정신을 갖고 있다. 부처님은 "진리란 과거로부터 전승되어 온 윤리, 도덕, 관습, 경전이나 계율에 근거해서는 검증할 수 없다."라고 말씀하셨다. 이 얘기는 정말 대단한 것이다. 보통 '어느 책 또는 어느 경전에 쓰여 있다.'라는 것으로 진리를 얘기하지만 부처님은, 그런 것이 진리의 검증 기준이 될 수는 없다고 말씀하셨다. 그래서 부처님은 스스로 구도의 길을 걸어 진리를 발견하셨다. 그러나 후대의 사람들은 부처님의 말씀을 달달 외워 그것이 진리라고 떠받들었다. 그러자 그것은 법집(法執)에 지나지 않는다며 대승불교가 비판하고 일어섰다. 진리라는 상(相)을 지어서 모두 거기에 빠져 있다는 것이었다. 그렇게 일어난 대승불교가 또 한계에 부딪히자 이번에는 불립문자(不立文字)를 주장하며 선불교가 일어섰다. 고정불변하는 것을 일체 인정하지 않았던 선불교는 그런 태도를 '살불살조(殺佛殺祖)' 라는 극한적 용어로써 드러냈다. 부처님의 말씀도 버리고 스승의 가르침도 버리고 오직 스스로 진리를 탐구해 나가야 한다는 것이다. 이것은 누구도 못 믿는 불신의 개념도, 자기만 옳다는 자만의 개념도 아니다. 진리에 대한 엄격하고도 순수한 태도를 뜻할 뿐이다. 그래서 믿음을 핵심으로 하는 종교에서는 불교를 이해하기가 어렵다. 종교에는 순종하는 태도가 있어야 하는데, 불교는 어떤 권위도 인정하지 않고 스스로 찾아갈 뿐이기 때문이다. 하지만 불교에 비판정신만 있는 것은 아니다. 인정하지 않는 것은 형식적 권위일 뿐, 스스로 검증하여 진리를 깨달은 사람에게는 마음에서 우러나오는 존경의 태도를 보인다. 선가(禪家)에서는 언어에 근거해서 진리니 아니니 주장할 때 그것은 이미 지식에 불과한 것이라고 말한다. 그래서 불립문자(不立文字)를 주장하는 것이다. '진리는 언어를 떠나서 증득(證得)하는 것이다. 그래서 모든 형식을 떠난다.' 라고 주장한다.

젊은 날의 마조 선사가 남악 회양 선사를 찾아가 공부를 하고 있었다. 그가 불철주야 좌선에 매진하고 있을 때 스승 회양 선사가 찾아와 물었다.

"지금 뭐 하는가?"

"좌선합니다."

"좌선해서 뭐할 건가?"

"부처가 되려고 합니다."

"그래?"

회양 선사는 더 말하지 않고 기왓장을 가져와 갈기 시작했다. 궁금증을 못 이긴 제자가 한참만에 물었다.

"뭐하십니까?"

"거울 만든다."

"기왓장으로 어떻게 거울을 만듭니까?"

"좌선해서 어떻게 부처가 되느냐?"

마조는 말문이 콱 막혀서 한 마디도 못 하다가 물었다.

"그러면 어떻게 해야 부처가 됩니까?"

"마차가 가지 않으면 말을 때려야 하느냐, 마차를 때려야 하느냐?"

마조는 마침내 자신이 본질에서 벗어나 형식에 집착하고 있었다는 것을 깨달았다.

제자가 앉아서 열심히 도 닦고 있는데 스승이 와서 대뜸 뭐 하느냐고 묻는다. 좌선하는 것이 뭔지 모르는 사람이 와서 묻는다면 대답할 말이 있겠지만 모든 것을 빤히 아는 스승이 와서 느닷없이 뭐 하느냐고 묻는다면 할 말이 없어진다. 좌선한다고 대답하니 스승은 대체 그것은 해서 뭐 할 거냐고 또 묻는다. 더 할 말이 없어진다. 좌선해야 한다고 바로 스승이 가르치지 않았는가. 마음이 답답해진다. 제자야 마음이 답답하거나 말거나 스승은 제자 옆에 버티고 앉아 드륵드륵 기왓장을 갈기 시작한다. 스승이 뭘 하려는지 제자는 궁금증이 들어 견딜 수가 없다. 참다못해 뭐 하느냐고 물으니 스승은 거울을 만든다고 한다. 목숨 걸고 용맹정진하고 있는 제자에게 와서 흰소리나 해대더니 난데없이 기왓장을 갖고 거울을 만든단다. 참으로 기가 찰 노릇이다. 제자가 따진다. "기왓장으로 무슨 거울을 만듭니까?" 그러자 스승은 너 잘 걸렸다는 듯이 내지른다. "좌선해서 부처 되겠다는 사람도 있다!" 애당초 될 수 없는 짓 하는 것은 너나 나나 마찬가지라는 것이다. 목숨 걸고 앉아서 도 닦고 있는데 그것을 하루아침에 완전히 부정해 버린 것이다. 내부에서 무엇인가 와르르 무너져 내리는 것을 느낀 제자는 이렇게 물을 수밖에 없다. "그러면 어떻게 해야 성불합니까?" 그제서야 스승은 마차가 안 갈 때는 어떻게 해야 하는지 묻는다. 그리고 제자는 깨닫는다.

무자(無字) 화두가 있다. 열반경에 '일체중생 개유불성(一切衆生 皆有佛性)' 이라는 말이 나온다. 모든 중생은 부처가 될 씨앗을 갖고 있다는 뜻으로 누구든 부처가 될 수 있다는 말이다. 부처님의 말씀이기 때문에 당연히 믿고 따라야 한다. 그런데 한 수행자가 좌선을 하고 있는데, 옆에서 강아지 한 마리가 마른 뼈다귀를 씹고 있었다. '저런 강아지에게도 불성이 있을까?' 갑자기 의심이 든 그는 스승에게 물었다.

"개에게도 불성이 있습니까?"

스승은 한 마디로 잘라 말했다.

"무(無)."

그 순간 수행자의 정신이 아득해졌다. 부처님은 있다고 하고 스승은 없다고 했다. 도대체 무엇이 진리인가? 과연 어느 것이 진리인가? 그는 거대한 의심에 빠져들게 되었다. 이것이 무자 화두이다.

보통 사람이라면 이럴 때 세 가지의 반응을 일으킨다. 첫째는 스승을 불신하는 것이다.

"열반경에 있다고 쓰여 있던데요?"

"다른 스님들은 그렇게 얘기 안 하던데요?"

둘째는 부처님을 불신하는 것이다.

"그럼 열반경이 틀렸네요?"

스승을 불신하는데 어떻게 그 스승 밑에서 깨달을 수 있으며, 부처님을 불신하는데 어떻게 불법을 깨칠 수 있겠는가?

셋째는 둘 다 불신하는 것이다.

"그러면 누가 맞을까?"

이 경우가 가장 많다. 대개 중생들은 이 셋 가운데 하나이다. 그런데 부처님과 스승, 다 믿는 사람이 있다. 그러면 그는 참으로 큰 고민에 빠지게 된다. 부처님의 말씀도 믿고, 스승의 말씀도 믿는다. 당연히 모순이 발생한다. 그는 의심한다. '없다, 없다, 없다니? 무슨 뜻일까?' 라고 연구를 하기 시작한다. 이것은 세상 누구에게 물어도 알 수 없는 일이다. 그러니 꽉 막혀 버렸다. 스스로 풀어야만 할 화두이다. 이것은 놓으려고 해도 놓을 수가 없는 것이다. 놓을래야 놓을 수 없어야 그것이 화두이지, 들려고 해도 들리지 않는 화두가 어떻게 깨달음에 이르게 할 수 있겠는가?

 화두를 참구한 에디슨?

　이것과는 다르지만 과학자에게도 치열한 연구심이 있다. 나름대로 화두가 있다고 할 수 있는 것이다. 다윈은 전세계를 다니면서 화석을 모았다. 그것을 연대순으로 배열해 놓고 보니 지층을 따라 무엇인가 변해 간 흔적이 있었다. 하지만 어떤 이유로 그런 변화가 생겼는지 알 수가 없었다. 다윈은 그것을 자나깨나 생각했다. 그러던 어느 날, 멜서스의 『인구론』을 읽다가 '적자생존'이라는 단어를 발견하고 무릎을 쳤다. 마침내 적자생존, 자연도태라는 진화론의 원리를 세운 것이다. 물론 이것도 오늘날 수정되어야 할 이론이다. 하지만 여기에서 중요한 것은 다윈의 연구하는 자세이다.

　에디슨도 마찬가지였다. 그도 행주좌와 어묵동정(行住坐臥 語默動靜) 연구 자세를 견지했다. 오나 가나, 앉으나 서나, 말할 때나 아닐 때나, 잠잘 때나 아닐 때나 관계없이 항상 자기 연구에 몰두했다. 그것이 바로 선(禪)이다. 그렇게 몰두하면 시간 가는 줄도 모르고 밥을 먹었는지 안 먹었는지도 몰랐다. 어느 날 에디슨이 밥을 먹고 와서 앉아 있는데 누가 와서 밥을 먹자고 하니 자기가 밥 먹은 것도 잊고 다시 밥을 먹었다. 이 정도면 화두

수준이라고 할 수 있다. 웬만한 수행자도 이 정도 수준이 되기가 어렵다. 그 정도로 집중했기 때문에 에디슨은 인류 역사상 가장 위대한 발명가가 될 수 있었다. 이렇게 하는 것을 과학에서는 '연구'라고 하고 선가(禪家)에서는 '참구(參究)'라고 한다. 이렇게 공통점은 있지만 참구에 비해서 연구는 훨씬 정도가 약한 것이다. 또 참구는 연구에 비해서 훨씬 더 본질적이다.

정도야 어떻든 과학과 불교는 연구하는 자세라는 공통점을 갖고 있다. 하지만 연구대상은 서로 다르다. 과학은 원래 물리학이나 천문학을 얘기하는 것이었다. 그러다가 조금 발전해서 물질의 내부구조도 연구의 대상이 되었다. 이것이 바로 화학이다. 식물이나 동물 등 생명체도 연구대상이 되었다. 바로 생물학이다. 초기에는 이런 자연적 현상을 연구하는 것이 과학의 주된 역할이었기 때문에 자연과학이라고 불렸다. 그러다 사회가 좀 더 복잡하게 발전해 가자 사람들은 그 안에 어떤 메커니즘이 있다는 것을 알고 연구하게 되었다. 그래서 정치와 경제를 연구하는 사회과학이 생겼고, 언어나 문학적 세계를 연구하는 인문과학도 생겨났다. 결국 사람들이 연구를 하지 않는 분야가 거의 없게 되었고, 그만큼 과학적 태도가 중요하게 되었다. 그러나 아직도 일반적으로 과학이라고 할 때는 자연과 물질세계에 대한 연구를 뜻한다.

불교의 참구도 현대과학과 같이 전반적인 것을 대상으로 하고 있다. 그래서 우주의 생성원리부터 우주의 크기, 우주의 구조, 인간의 존재 원리까지 모두 불교의 연구대상이 된다. 초기의 과학이 주로 자연 연구에 주력했다면 불교는 주로 마음과 정신에 대한 연구를 해 왔다. 불교와 과학은 서로 다른 지점에서 출발했지만 상대의 분야를 어느 정도 포함할 정도로 연구범위를 넓혀 왔기 때문에 접점을 형성하게 되었다. 그러면서도 각자의 분야에서 깊이를 갖고 있기 때문에 보완적 역할을 할 수 있게 되었다. 적어도 정신이나 마음에 대한 연구는 불교를 따라올 수 있는 것이 없고, 물질에 대한 연구는 오늘날의 자연과학만큼 체계적인 것이 없다. 과학도 정신 영역에 대한 연구를 하고 있지만 불교의 수준에서 보면 그것은 초급단계에도 못 미치는 수준이다. 마찬가지로 불교도 우주에 대해서 얘기했고, 일부는 과학적 사실에 부합하기도 하지만 과학의 입장에서 볼 때는 그 구조가 상당히 엉성하다. 이렇게 불교와 과학 사이에는 아주 큰 유사점과 차이점이 있으므로 서로 도울 수 있는 부분이 많다.

불교와 과학 사이의 유사함을 들어서 많은 사람들이 불교가 과학적이라고 한다. 하지만 불교가 과학적인 것인지, 과학이 불교적인 것인지는 앞으로 좀더 연구를 해 봐야 한다. '불교는 과학으로는 근접할 수 없는 진리의 세계에 닿아 있다. 따라서 불교가 과학적이라고 하는 말은 불교의 가치를 훼손하는 말이다.' 라는 견해도 있다. 반면 과학이 진리의 검증 기준이 되니까 과학에 편승해서 불교가 진리라는 검증을 받으려 한다고 비판하는 사람도 있다. 이런 부분들은 앞으로 더 논의해 봐야 한다.

연구 대상이 다른 것말고 둘 사이에 다른 게 또 있는데 그것은 연구방법이다. 과학은 분석적으로 연구를 한다. 반면 불교는 총체적이고 직관적이다. 불교는 숲에서 나와 숲 전체의 모습을 보려고 하고, 과학은 숲 안으로 들어가서 나무 하나 하나를 자세히 들여다보려고 한다. 그래서 과학은 분석력을, 불교는 통찰력을 키운다. 과학은 대상에 더욱 밀착하는 시각을 요구하지만 불교는 집착을 놓고 사물과 현상에서 멀리 떨어져 관찰하는 시각을 요구한다. 그러나 모든 부분에서 그런 것은 아니다. 무명(無明)이 행(行)에 연(緣)하고, 행은 식(識)에 연하고, 식은 명색(名色)에 연하고, 명색은 육입(六入)에 연하고, 육입은 촉(觸)에 연하고, 촉은 수(受)에 연하고, 수는 애(愛)에 연하고, 애는 취(取)에 연하고, 취는 유(有)에 연하고, 유는 생(生)에 연하고, 생은 노사(老死)와 우비고뇌(憂悲苦惱)에 연한다는 불교의 12연기법은 그 어떤 과학보다도 분석적이고 세밀한 관찰의 결과물이다. 반대로 과학도 분석적인 것만 있는 게 아니다. 분석적으로 보는 것에 한계가 있다는 것을 깨닫고 이제 과학도 통합으로 가기 시작했다. 그래서 생물에 대한 연구를 화학과 결합시켜 생화학 분야를 개척하는 등 유관학문끼리 연관해서 전체를 보려고 노력하고 있다. 사실 그렇게 방향을 잡는 게 당연하다. 사람을 이해하는데 눈, 코, 입을 따로 뜯어서 분석적으로 보는 것은 한계가 있기 때문이다.

과학적 세계관의 대안으로서 불교

　과학의 분석적 연구 자세 때문에 놓쳐 버리는 문제가 너무나 많았다. 그 결과 환경문제 등 많은 폐해가 발생했다. 그런데 불교는 사물을 총체적으로 보기 때문에 그러한 과학의 폐단에 대한 해결책을 제시해 줄 수 있다. 과학이 눈에 보이고 귀에 들리고 손에 잡히는 것을 근거로 한다면, 불교는 눈에 보이고 귀에 들리고 손에 잡히는 것의 이면에 있는 진실을 꿰뚫어 볼 수 있어야 한다고 가르친다. 그런 것에 사로잡히면 본질을 망각하게 된다고 가르친다. 과학은 하나의 지식을 체계화시켜서 그것을 기초로 하여 연구를 거듭하지만 불교는 마치 서치라이트처럼 사물의 전체 모습을 환하게 드러내어 보여 준다. 과학이 축적된 지식을 중심으로 한다면 불교는 지혜를 중심으로 한다.

　그러나 이런 차이가 있는데도 과학과 불교는 모두 원리를 연구한다는 공통점이 있다. 과학은 법칙, 진실, 사실이 어떠한가를 중요시하고 그것을 연구하기 위해 파고든다. 그래서 과학은 도덕성을 따지지 않는다. 그것은 윤리의 문제이지 과학의 문제는 아니라고 생각하는 것이다. 불교도 세계와 사물, 그리고 존재의 실상이 어떤 것인가, 진리란 어떤 것인가 하는 것을 우선적으로 중요하게 생각한다. 그렇기 때문에 기존의 가치를 중심으로 한 옳음과 그름, 맞고 틀림에 별로 구애를 받지 않는다. 그러나 불교는 과학과 달리 세속의 윤리나 도덕도 아주 중요하게 생각한다. 불교는 법의 실상을 깨닫는 것 즉, 실제의 모습이 어떤가 하는 것을 참구하지만 종교의 도덕적 요소도 갖고 있다. 불교의 도덕적 측면을 보면 깨달음과는 거리가 멀고, 깨달음의 측면을 보면 불교는 다소 비윤리적인 부분까지도 포함한다. 얼핏 보면 모순인 것 같지만 사실은 전혀 그렇지 않다. 불교는 윤리, 비윤리의 잣대가 적용되는 범주를 벗어나 있을 뿐이다.

불교는 가시적인 세계, 경험적 세계를 초월해서 실상을 이해할 수 있다. 과학이 발달하기 이전의 사람들은 자기 경험의 한계 내에서 그것이 진리인 줄 알고 살면서 세계와 우주를 자의적으로 해석했다. 그래서 하늘을 볼 때는 지구를 중심으로 태양이 돈다고 여겼고, 땅을 볼 때는 수평선 너머에는 아무것도 없는 벼랑뿐이라고 생각했다. 또한 이 우주의 중심은 지구이고, 지구 외에 다른 세계는 없는 것으로 여겼다. 하지만 불교는 현대과학이 발견한 우주의 모습을 이미 오래 전에 이해하고 있었다. 그래서 강가의 모래알만큼 많은 삼천대천세계가 있으며 지구는 그 가운데 한 세계에 불과하다고 말해 왔다. 오늘날의 과학에 따르면 대우주에는 1천억 개가 넘는 소우주가 있고, 소우주에는 다시 1천억 개가 넘는 태양이 있으며, 각 태양마다 주위에는 몇십 개의 행성이 돌고 있고, 행성 주위에는 위성이 돌고 있다고 한다. 지구는 그 가운데 하나일 뿐이다. 이것은 불교적 우주관, 불교적 세계관과 정확히 일치한다. 생명의 존재 형식에 대해서도 사람들은 오해가 많았다. 사람들은 무생물과 생물, 남자와 여자라는 존재 형식만 인정했다. 그 외에는 알지 못했기 때문이었다. 하지만 불교는 남자와 여자, 남자이기도 하고 여자이기도 한 것, 남자도 아니고 여자도 아닌 것을 인정했다. 또한 존재에 대해서도 모양이 있는 것과 모양이 없는 것, 생각이 있는 것과 생각이 없는 것, 생각이 있는 것도 아니고 없는 것도 아닌 것이라는 분류를 하고 있다. 과학이 발달하면서 이러한 불교적인 분류가 실제와 좀 더 합치하는 것으로 밝혀지고 있다.

이렇게 불교는 사물을 흑백논리로, 이분법적으로 분리하지 않는다. 그리고 모든 사물이 상호 연관된 것으로 본다. 얼마 전까지만 해도 사람들은 이 세상을 고립된 단독자들의 집합으로만 보았을 뿐, 그것이 상호 연관되었으리라고는 생각하지 못했다. 하지만 오늘날은 만물이 다 연관되어 있다는 것을 아주 당연하게 받아들인다. 물질은 분자의 결합이고, 분자는 소립자의 결합이며, 소립자는 쿼크의 결합이다. 불교의 가르침대로 중중첩첩 연관되어 있다. 부처님이 깨달으신 것도 바로 이렇게 모든 존재가 연관되어 있다는 연기법이었다. 그리고 반드시 원인이 있고 결과가 있다는 인과의 원리였다.

불교는 법칙과 실제의 모습 즉, 실상을 중요시한다. 우리가 깨달아야 할 것은 실제의 모습이고 우리가 알아야 할 것은 그 법칙이다. 개인과 사회가 가진 무수한 문제들과 괴로움은 원리를 모르기 때문에 생긴 것이다. 그래서 고(苦)의 근원은 무명(無明)이라고 한다. 원리와 법칙을 제대로 이해하면 우리들이 당면해 있는 인류의 문명적 한계상황에서 새로운 출구를 찾을 수 있다. 또한 불교인이 갖는 구도적 자세를 통해 새로운 미래사회 즉,

정보화시대에 부합하는 인간형을 제시해 줄 수 있다. 그러므로 불교적 세계관과 진리관, 그리고 구도적 자세를 우리들의 삶에 더욱 적극적으로 받아들일 필요가 있다. 하지만 의도적으로 그렇게 하지 않아도 한계상황에 부딪히면 새로운 돌파구를 찾을 것이고 그 과정에서 불교적 세계관은 자연스럽게 조명을 받을 것이다. 그것이 굳이 불교라는 이름을 갖고 있지 않아도 마찬가지다. 해결할 길 없는 한계에 부딪히게 되면 사람들 모두가 자기 경험과 단편적 지식을 내려놓고 원리와 법칙을 깊게 모색하며 답을 찾기 위해 애쓸 수밖에 없기 때문이다. 그러므로 그들은 불교라는 종교와 무관하지만 삶의 자세는 어느덧 불교의 구도자와 비슷한 방향으로 흘러갈 수밖에 없다. 그것은 문명이 한계상황에 부딪힐 때 나타나는 자연스러운 현상이다.

이와 같이 불교적 가치가 일반적 가치로 된 예를 채식문화에서 엿볼 수 있다. 불교인들은 오랫동안 채식의 전통을 갖고 있다. 그런데 오늘날 환경문제와 건강문제가 심각해지면서 사람들은 자연스럽게 채식문화를 받아들이고 발달시키고 있다. 그것이 불교로부터 받아들인 것인가 아닌가 하는 것은 중요하지 않다. 하지만 현대인들과 불교가 서로 가까워지고 있다는 것은 명백한 사실이다. 서로 접근하는 과정에서 많은 시행착오가 있을 것이다. 그러면서 서로가 더욱 더 발전할 수 있을 것이다.

구도적 자세로 새로운 시대를

　무엇보다도 사람이 구도심이 있어야 부처님의 법이 가슴에 다가올 수 있다. '정말 인생이 왜 이럴까?' 하는 의문을 가질 수 있어야 한다. 그랬을 때 부처님의 말씀을 들으면 바로 마음으로 받아들여지고 새로운 눈이 열린다. 그렇지 않으면 3년 동안 절에 다니고 30년 동안 법문을 들어도 소용이 없다. 불교에는 돈오(頓悟)라는 말이 있다. 어느 찰나, 단박에 깨닫는다는 말이다. 돈오를 하려면 이미 구도적 자세를 갖추고 있어야 한다. 구도적 자세가 그다지 어려운 것은 아니다. 삶이 괴로울 때 그것에 대해 분노하며 아우성치는 것이 아니라 도대체 왜 그럴까 하고 깊게 연구하는 것이 바로 구도적 자세이다. 괴로움에 빠져 좌절하고 있는 것이 아니라 큰 의문을 갖고 고뇌해 본 사람이라면 불법을 만나게 되면 어느 순간 눈에 불꽃이 튈 만큼 강한 깨달음과 가슴 가득한 감동을 얻게 된다.

　사실 다른 종교에 비해서 불교는 좀 어렵게 느껴진다. 다른 종교는 믿고 의지하면 끝이다. 착한 일 하면 천당 가고 그렇지 않으면 지옥 간다. 아주 단순명쾌하다. 하지만 불교는 다르다. 있음도 아니고 없음도 아니며, 옳음도 아니고 그름도 아니다. 또, 내 생각을 버리고 나를 버려야 한다. 그뿐만이 아니다. 모든 것을 내려놓고 깊은 의문을 갖고 삶과 세계의 실상을 스스로 깨달아야 한다. 그러니 당연히 골치가 아프다. 그러나 이 복잡함과 어려움을 긍정적으로 받아들이면서 노력하는 과정, 그 자체가 이미 진실된 삶일 수도 있다.

앞으로는 세계가 아주 크게 변화할 것이다. 더 이상 학벌이나 나이를 따질 수도 없고, 다른 데서 해답을 찾을 수도 없다. 중요한 것은 매사에 '왜 그럴까?'를 오직 연구하는 것이다. 이것을 두고 선(禪)에서는 '이 뭣고?' 화두라고 한다. 이때의 '왜 그럴까?'는 회의하는 것이 아니라 연구하는 것이다. 여기에는 많은 시행착오가 따라붙는다. 시행착오야말로 진실에 접근하는 가장 좋은 방법이다.

그런데 요즘은 아이들에게 시행착오할 기회를 안 준다. 나무에 올라가서 떨어지기도 하고, 뛰다가 넘어지기도 하고, 뜨거운 물에 데기도 해야 아이는 나름대로 어떻게 하면 좋은지 방법을 찾아간다. 하지만 요즘 아이들은 아예 그 기회를 박탈당해 버렸다. 그래서 정해진 코스 안에서 다람쥐 쳇바퀴 돌 듯, 어른들이 시키는 대로만 살아야 한다. 그렇기 때문에 길을 잃으면 혼자 힘으로 찾지 못한다. 짜여진 코스 안에서는 아주 영리한데 이 틀에서 한 발만 벗어나면 갈 길을 몰라 헤맨다. 그리고 어릴 때는 영리한데 크면 바보가 되어 버린다.

학교교육과 가정교육 모두 큰 문제가 있다. 아이에게 기회를 주려면 지켜보는 여유가 있어야 하는데, 사회 전체가 경쟁과 성과 중심으로 돌아가기 때문에 지켜볼 여유가 없다. 부모는 집착 때문에 애가 그네를 타면 떨어질까 봐 계속 붙들고 있다. 그러면 애는 죽을 때까지 그네를 못 탄다. 학교교사도 평점이 나오고 문책을 당하기 때문에 아이들의 시행착오를 지켜볼

겨를이 없다. 무조건 점수부터 받고 봐야 한다. 그러니 부모, 아이, 교사 할 것 없이 구도의 자세로 살아가는 사람들이 별로 없다. 이런 문제점들을 인식한 사람들부터 삶의 자세를 바꿔야 한다. 무엇이든지 연구를 해야 한다. 비록 아주 조그마한 일을 하더라도 연구를 해야 한다.

그렇다고 해서 남의 것은 무조건 배척하고 내 것만 연구해서도 안 된다. 정말 연구하는 사람은 다른 사람들의 연구가 제대로 된 것이 있으면 겸손하게 받아들여 자기 것으로 만든다. 구도적 자세를 갖고 있다면 법문을 듣고도 깨달음을 얻을 수 있다. '맞다, 그렇구나!' 이렇게 느꼈다면 법문을 누가 했든 그것은 전적으로 들은 사람의 것이 될 수 있다. 법문을 한 스님이 다음날 그것이 아니라고 바로 뒤집어도 상관없다. 이미 자기 것으로 되었기 때문이다. 그런데 맹목적으로 추종을 하면, 앞서 가던 사람이 '이렇게 가야 한다.'라고 해 놓고 다르게 가 버리면 멍해져서 닭 쫓던 개 지붕 쳐다보는 꼴이 된다.

스님의 말을 무조건적으로 추종하면 안 된다. 법문을 듣고, 스님의 행동을 보고 스님을 본받아 자기 것으로 했으면 더는 "스님 때문에……"라는 소리는 하지 말아야 한다. 어떤 결정이든 어떤 선택이든 내가 스스로 한 것이어야 한다. 스님은 이제 더는 상관없다.

다른 사람을 통해서 받아들인 것일지라도 자기 삶의 일부 또는 전부로 만들어 그것을 통해 의미를 발견해 나가는 삶을 살 수 있어야 한다. 그런 의미에서 모든 사람들이 구도자가 되어야 한다. 구도를 위해 연구를 하는 데는 특별한 시간도, 특별한 장소도 필요하지 않다. 행주좌와 어묵동정(行住坐臥 語默動靜) 간에 화두가 순일해야 선이다. 6조 혜능대사는 세간을 떠나 도가 따로 있는 것이 아니라고 말씀하셨다. 세간을 초월하여 다른 곳에서 도를 구하는 것은 마치 물을 떠나 물고기를 구하는 것과 같이 어리석은 짓이다.

우리는 과학적 성과를 수용할 필요가 있다. 과학을 맹신하는 태도는 버려야 하지만 과학이 이루어 놓은 성과는 인정하고 받아들여야 한다. 현대 과학은 유전자를 발견함으로써 생물학적으로는 인간이 어떤 존재인지 밝혀내었고 또 물질이 어떻게 이루어져 있는지 밝혀내었다. 생명이 어떤 존재인가 하는 것은 이미 연구가 다 끝나서 사실상 앞으로 얼마든지 유전자를 조절할 수 있게 되었다. 이러한 성과를 불교가 수용해야 하고, 과학은 자신들이 제대로 밝혀내지 못한 정신 분야에서 선구적 역할을 하고 있는 불교를 진지하게 수용할 필요가 있다. 그렇게 하여 물질세계와 정신세계의 원리를 잘 조화시킨다면 그것은 과학과 종교의 한계를 초월하여 새로 변화된 사회에서 아주 창조적인 역할을 할 수 있을 것이다.

변화의 시대를 어떻게 맞이할 것인가

변화의 시대에는 스승이 없다. 전통사회에서는 믿음을 갖고 그저 따라 배우기만 하면 됐다.
그러나 변화의 국면에서는 갖가지 모순이 나타나기 때문에 믿음을 갖고 있는 사람은 오히려 혼란스럽다.
하지만 연구하는 사람은 이 변화의 시대에 대단한 창조력을 발휘한다.
창조력을 갖고 있는 사람은 전통사회에서는 기량을 발휘하지 못했다.
창조력을 발휘해 튀는 것이 용납되지 않았기 때문이다. 그래서 창조적인 성인들은 모두 혼란기에 등장했다.
혼란기에 나타난 성인들은 새로운 가치관을 제시했다.

🌱 21세기 변화의 유형

21세기는 그야말로 문명의 새로운 전환기라고 할 수 있다. 이러한 시점에서 불교는 과연 어떠한 대안을 제시할 수 있을까? 먼저 변화의 조짐들을 살펴보고, 그것들을 바탕으로 미래사회에 대한 예측을 해 보도록 하자.

현대사회 변화의 원동력은 무엇일까? 즉, 변화를 주도하는 힘은 무엇일까? 사람들은 대부분 과학기술이라고 대답할 것이다. 어느 시대이든 사회 변화의 주도적인 역할을 하는 분야가 있다. 지금부터 3000년 또는 5000년 이전의 시대에는 진리를 검증하는 기준이 신이었다. 이때에는 인간의 운명과 세상의 변화를 신이 좌지우지하는 것으로 믿었다. 그래서 이때를 신화시대라고 한다.

그 후 사회적인 변화가 생기면서 '성인(聖人)'들이 출현했다. 과거에 진리라고 생각했던 것들은 부정되고 새로운 진리관이 제시되었다. 인도에는 석가모니, 중국에는 공자와 노자, 중동에는 예수가 등장했는데, 이때부터는 이러한 성인들의 말씀이 진리의 기준이 되었다. 최근 몇 세기 전부터는 진리의 검증 기준이 과학으로 바뀌었다. 그 결과 과학적이라는 말은 바로 진리라는 얘기고, 비과학적이라는 말은 진리가 아닌 것을 의미하게 되었다. 그러나 과학이 진리의 검증 기준이 된 것은 비교적 최근의 일에 지나지 않는다. 조선시대만 하더라도 과학자는 대우를 받지 못했다. 유럽이나 중국에서도 과학은 신분이 낮은 기술자들이 하는 짓이었다.

요즘은 전문가라고 하면 그것은 곧 자연과학이나 인문과학을 하는 사람을 뜻할 정도로 과학과 기술이 사회의 중추적 기능을 한다. 고대 인도에서는 브라만이 그 사회에서 가장 뛰어난 지식인이자 전문가였다. 그 이후에는 불교를 중심으로 한 승려들이 지적 수준이 가장 높은 전문가 집단이었다. 지금은 학자가 전문가로 인정받고 있다. 승려들은 이제 더 이상 전문가 집단이 아니다. 그 전문가 집단에 승려가 한두 명 끼어 있을 수는 있지만 그들이 전문가 집단에 끼게 된 것은 승려이기 때문이 아니라, '학자 승려'이기 때문이다.

오늘날 가치판단의 중심에 서 있는 학자들의 가장 기본적인 태도는 연구이다. 반면 종교인들의 최우선적인 기본태도는 믿음이다. 믿음이 없는 사람은 종교인의 소양이 없는 사람이다. 그런데 학자는 믿음을 중심으로 삼는 사람이 아니다. 학자는 기본적인 사물의 이치를 연구하는 사람이다. 그 대상이 물질이든, 사회든, 인간의 정신이든 관계없이 연구하는 것이 그들의 임무이다. 연구해서 무엇인가 새로운 이치를 발견해 내면 그 학자는 정보생산능력이 있는 사람이다.

과거에는 정보생산능력 없이 다른 사람이 생산해 놓은 정보를 습득해 중간에서 전달하는 단순한 역할만 하면서 학자 노릇을 하는 사람들이 대다수였다. 진정한 의미에서의 학자라고 할 수 없는 셈이다. 서양의 한 미래학자는 앞으로 10년 후 미국의 대학교수 가운데 4분의 3은 도태될 것이라고 예측했다. 인터넷이 발달하면서 생산자와 소비자가 정보를 직거래하게 되는데, 이때에는 정보생산능력자가 필요하지 중간에서 매개역할을 하는 브로커 학자는 더 이상 필요없게 된다는 것이다. 정보의 전파속도가 느릴 때 중간 매개자가 필요한 것이다. 여태까지는 이런 중간 매개자역할을 하는 학자들이 많았다. 예를 들어 미국의 어떤 교수가 새로운 이론을 내놓았을 때, 한국의 학생들은 그런 것이 있는 줄도 모르기 때문에 정보를 얻을 수가 없었다. 그래서 유학을 가서 배워 온 사람, 미국의 새로운 이론을 소개하고 전파하는 사람이 필요했다. 당연히 이들은 한국에서 선구자 노릇을 했고, 많은 사람들은 그것이 학자의 역할이라고 생각했다. 그러나 이제는 상황이 달라졌다. 한국의 학생들이 인터넷을 통해 미국교수의 최신 이론을 직접 공부할 수 있게 되면서 중간 역할을 하던 존재가 필요없어진 것이다.

물건의 유통과정도 마찬가지다. 과거에는 물건을 생산해서 소비하는 과정에 도매상도 있고 소매상도 있었다. 그러나 요즘에는 이런 유통단계가 생략되고 인터넷에서 생산자와 소비자가 직거래를 하는 경우가 많아졌다. 이러한 유통혁신으로 인하여 상품생산과 판매과정에도 많은 변화가 일어났다. 산업사회에서는 같은 종류의 자동차를 대량생산해서 똑같은 것을 팔았다. 그런데 요즘은 주문생산을 한다. 아파트도 마찬가지다. 인터넷을 통해 소비자는 차나 아파트의 기본 골격에 자신의 취향을 더해 취사 선택한다. 그렇게 되면 같은 스타일의 차라고 해도 개인에 따라 독특한 차가 만들어진다.

이와 같은 변화는 상품경제의 부분에만 국한된 게 아니라 지식정보의 분야에서도 두드러지게 나타난다. 구체적으로 성경을 예로 들어 보자. 중세의 성경은 라틴어로 쓰였는데 라틴어를 읽을 줄 아는 사람은 신부밖에 없었다. 그러니까 신부의 말은 곧 예수님의 말씀이었다. 신부를 통하지 않고는 예수님이 뭐라고 했는지 알 수 없었다. 당연히 중간에 온갖 왜곡이 있을 수밖에 없었다. 그러다가 문명이 더욱 발전하면서 성경을 번역하고 인쇄하게 되었다. 그 결과 많은 사람들이 성경을 직접 읽게 되었고, 하나님과 사람 사이에 별도의 중간 매개자가 필요없어졌다. 그러다 보니 종교혁명이 일어나 프로테스탄트가 생겼다. 지식정보의 분야에 불어닥친 변화가 바로 이런 유형의 변화이다.

과학적 연구의 발달과 불교

학자의 가장 기본적인 자세는 연구이다. 연구대상이 물질이면 자연과학이 되고, 생명체면 생물학이 된다. 물질의 원리를 연구하면 물리학이 되고, 물질의 구성을 연구하면 화학이 된다. 또 사회적 시스템의 원리를 연구하면 사회과학이 된다. 과학에서는 믿음보다는 이해가 중요하다. 믿느냐 안 믿느냐가 아니라 그 이치를 올바르게 이해하느냐 못 하느냐, 그 원리를 찾아내느냐 못 찾아내느냐 하는 것이 중요하다.

과학의 시대로 접어들면서 그 전까지 막연히 믿고 있던 사실들을 연구하고 검증해 보니 실제와 많이 달랐다. 특히 거시세계의 실제는 기존의 믿음과 아주 달랐다. 인간은 사물을 인식할 수 있는 범위가 아주 좁다. 그러한 인식수준에서 '아마도 그럴 것이다.' 라고 추측한 결과 생긴 것이 천동설, 창조설이다. 그러나 과학적 기법으로 실측을 해 보고, 연구해 보니 결과는 추측과 많이 달랐다. 태양이 지구를 도는 것이 아니라, 지구가 태양을 돌고 있었던 것이다. 우리들의 육안이나 인식의 상태로 보았을 때는 분명히 태양이 지구를 돌고 있는 것처럼 보이는데, 실은 정반대였던 것이다. 그래서 코페르니쿠스가 지동설을 얘기했다. 그 당시 진리의 검증 기준은 종교 즉, 예수님의 말씀이었다. 당시의 진리관에 비추어 보았을 때 지동설은 하나님의 말씀을 거역하는 셈이어서 받아들일 수 없는 얘기였다. 그러나 지금은 망원경이 생기고 과학이 더 발달해서 그런 논란 자체가 쓸모없어졌다. 과거에는 우주의 중심이 지구라고 생각했는데 그것이 아니라는 것이 밝혀졌고, 세계의 중심이 유럽인 줄 알았는데 지구가 둥글기 때문에 중심이라고 할 것이 없다는 것도 밝혀졌다. 지구가 태양계의 중심인 줄 알았는데 지구는 태양계의 변방일 뿐이고, 지구가 속한 태양계조차도 은하계의 한 부분에 불과하다는 것을 알게 되었다. 이렇게 자꾸 인식의 폭이 넓어지고 넓어져서 지금은 이런 은하계 같은 소우주가 대우주 안에 1천억 개가 있다는 것을 아는 데까지 이르렀다.

개인은 수많은 사람들 가운데 하나이고, 문명도 수많은 문명 가운데 하나이며, 나라도 수많은 나라 중 한 나라일 뿐이다. 또 지구도 수많은 행성

중 하나이고, 우리가 속한 우주도 수많은 우주 가운데 하나일 뿐이다.

실제와 믿고 있던 것이 다른 경우는 이런 거시세계뿐만이 아니었다. 미시세계 역시 큰 차이가 있었다. 과학이 발달하면서 사람들은 물질의 근원이 무엇인지 계속 연구했다. 예전에는 하나님이 물질을 창조했을 거라고 생각했고, 거기에 아무도 이의를 제기하지 않았다. 그런데 궁금증이 생겼다. '물방울을 쪼개고 쪼개고 또 쪼개면 어떻게 될까? 거기엔 물질의 근원이 되는 알갱이가 있지 않을까?' 라는 생각을 인류는 2천5백 년 전부터 해왔다. 그래서 '만물의 근원은 물이다, 숫자다, 원자다.' 라는 논란을 벌여왔다. 그러다 과학자들이 '물의 근원은 물분자이고, 그것이 수없이 모여서 물을 만든 것이며, 그것은 더 이상 쪼갤 수가 없는 것' 이라고 정의했다. 그런데 다른 과학자들이 더 연구하여 분자도 무엇인가의 결합으로 되어 있다는 것을 알게 되었다. 물이라면 물 아닌 것이 될 수가 없어야 하는데 물이 화학변화를 하면 물 아닌 것이 되기도 했던 것이다. 그래서 분자라는 것은 원자의 결합이라는 결론을 얻어 냈고, '실제로 변하지 않고 쪼갤 수 없는 만물의 근원은 분자가 아니라 원자다.' 라는 선언을 하게 되었다.

이렇게 자신들이 기왕에 알고 있던 것에 만족하지 않고 끊임없이 파고들어가는 것이 연구이다. 사람들은 결코 자신들이 알고 있는 것에 머무르지 않는다. 끊임없이 연구한다. 결국 사람들은 생명에 대해서까지 연구하기 시작했다. 생명은 과연 어떻게 해서 생겨난 것일까? 과거에는 하나님의 창조물이라고 생각했기 때문에 생명의 영역에 인간이 손을 대면 안 된다고 생각했다. 그런데 다윈이 화석을 연구하다가 생명의 진화현상을 발견했다. 그리고 다윈은 멜서스의 『인구론』에서 적자생존, 자연도태의 원리를 발견하고 그것이 생명진화의 원동력이라는 것을 알게 되었다. 다윈의 『진화론』도 처음에는 금서였다. 신을 부정하고 신의 창조성에 먹칠을 한 이론으로 받아들여졌기 때문이었다. 나중에 진화론은 사람들에게 어느 정도 인정이 됐지만 자연도태설만으로는 진화현상을 모두 설명할 수 없었다. 그래서 연구를 더 하다가 돌연변이를 발견하게 되었다. 돌연변이의 원리를 연구하다가 유전자를 발견하게 되었고, 생명의 신비는 상당 부분 풀리게 되었다.

물질과 생명의 차이는 마치 조립을 안 하고 담아 놓은 자동차 부속과 조립해서 만들어 놓은 완성된 차의 차이와 같다. 물질적 덩어리로는 똑같은데 작용이 다른 것이다. 이것이 생명현상이다. 물질적 관점에서 보면 같은 물질일 뿐이지만 드러난 현상에서는 아주 다른 것이다. 모든 생명은 유전자로 이루어져 있다는 차원에서 초파리나 사람이나 별 차이가 없다. 다만 사람의 경우 설계도가 훨씬 복잡할 뿐이다. 2000년 말에 과학자들은 인간의 모든 유전자를 분석했다. 앞으로 이 정보를 컴퓨터에 입력해서 실험을 거듭하다 보면 복제인간이 만들어질지도 모른다.

수정란에 대한 여러 가지 연구가 진행되면서 복제인간이라는 개념이 나왔다. 체세포의 핵을 수정란에 집어넣으면 완벽하게 똑같은 인간을 만들 수 있다는 것이다. 이것은 이론적으로 가능하지만 아직 인간에게는 실험을 안 했다. 수정란이 네 개로 분열했을 때 그 네 조각을 각각 떼어서 여자 네 명의 자궁 속에 하나씩 넣어 성장시키면 똑같은 네 명의 아이가 나오는 것이 가능하다는 말이다. 그렇다면 이제까지 알고 있었던 영혼설은 어떻게 되는 것일까? 각기 다른 여자가 낳았는데 네 명의 아기가 똑같다면, 영혼이 네 쪽으로 갈라졌다고 해야 하는가? 지금까지 우리가 알고 있던 것으로는 이런 부분에 대한 설명을 할 수가 없다. 서양의 창조설로도 해명이 안 된다. 결국 과거의 진리관, 과거의 세계관은 완전히 무너지게 되었다.

그래서 사람들은 윤회설에 주목하기 시작했다. 그러나 윤회사상을 제대로 알기보다는 사람이 개가 되거나 소가 되고 메뚜기 같은 것이 된다는 식의 신비주의로 받아들이는 경향이 팽배해 있다. 하지만 이런 것은 조금 더 지나봐야 안다. 굿을 하거나 최면을 걸어서 전생을 아는 경우가 있는데, 정말 영혼의 알갱이가 있어서 이 사람이 되었다 저 사람이 되었다 하는 것인지, 그 원인이 다른 데 있는지, 그 현상의 원인은 무엇인지 조금 더 연구를 해야 한다. 그런 윤회설로 불교의 중심을 삼았다가 그것이 틀리면 불교도 틀린 것이 되고 만다. 그러므로 사람들이 불교에 관해 바르게 받아들일 수 있게 하려면 교리를 해석할 때 세심한 주의를 기울여야 한다.

신라나 고려시대 때, 당시의 신분제에 맞춰 불교를 해석했다가 신분제가 사라지니 어떻게 되었는가? 불경에도 없는 이론을 만들어 '여자는 성불하지 못한다.' 라면서 중세의 가부장제도에 맞춰 교리를 해석하는 바람에 지금 마치 불교가 남녀를 차별하는 가르침인 양 알려져 있지 않은가. 부처님이야말로 남녀 차별의 사회에서 남녀 평등을, 계급차별의 사회에서 계급평등을 먼저 일깨우신 분이었는데, 신분제시대에 맞춰 전생에 복을 많이 지으면 양반이 되고 죄를 많이 지으면 상놈이 된다는 식으로 교리를 왜곡시켜 놓았다. 마찬가지로 자본주의에 맞춰서 불교를 해석하면 어떻게 되겠는가? 자본주의 식으로 불교를 해석해서 전생에 복을 많이 지었으면 부자가 되고, 전생에 나쁜 짓을 많이 했으면 가난뱅이가 된다는 식으로 설명해도 될까? 사람들은 늘 이렇게 본질에서 벗어난 해석과 설명을 덧붙임으로써 대중을 끌어모아 돈을 벌고자 하고 정치적 세력을 얻고자 한다. 바로 그것이 망하는 길이다.

🌱 불교의 참구와 과학의 연구

윤리나 도덕은 일시적이고 상대적인 것이다. 그것은 시대와 지역적 한계 안에서 생겨난다. 그러한 윤리와 도덕을 절대화시켜서 진리를 검증하는 기준으로 삼는다고 하면 새로운 연구를 할 필요가 없다. 부처님은 윤리나 도덕, 관습, 경전이나 계율에 의해서 진리가 검증되지는 않는다고 명백하게 말씀하셨다.

현대에 이르러 인간은 신의 영역이라고 여겼던 정신영역도 연구하기 시작했다. 자신도 모르는 마음에서 무엇인가 보이고 들린다거나, 무엇인가에 의해 조정을 당하는 느낌이 있다거나, 자기가 생각한 것과 달리 되는 것, 또 생각과 딴판인 말이 나오는 등의 경우를 당하면 옛날에는 그런 것을 하나님의 소리, 신의 소리라고 했다. 그러나 프로이드는 『꿈의 해석』이라는 책을 통해 그와 같은 현상은 인간의 잠재의식 속에서 일어나는 것이라고 주장했다. 당시만 해도 인간의 정신은 신의 영역이지 인간이 연구할 수 있는 영역이 아니었다. 그래서 프로이드의 이론은 신의 영역을 침범한 것으로 이단시되고 탄압을 받았다. 요즘은 정신병이라고 진단하면 약물치료, 상담치료 등 여러 가지 의학적 조치를 취한다. 그러나 아직도 정신영역의 연구는 초보 수준에 머물러 있다. 그런데 불교는 정신세계에 대한 연구를 이미 2천 년 전부터 체계적으로 해 왔다.

많은 사람들이 '불교적이다.', '불교인이다.' 라는 표현을 쓰는데, 그 말은 사실 수행자라는 뜻이다. 수행자는 탐구를 중요시하는 연구가이다. 부처님은 12살 때 새가 벌레를 쪼아먹는 것을 보고 '왜 한 생명이 살기 위해 다른 생명이 죽어야 할까?' 라는 의문에 깊이 잠겼다. 아무리 연구를 해도 답을 알 수가 없어서 다른 사람들에게 물으면 다들 원래 그런 것이니 쓸데없는 생각을 하지 마라고 했다. 그래서 출가하여 스승을 찾아서 가르침을 받았다. 그 스승이 깨달았다고 인가해 주었는데도 자기 자신의 의문이 전혀 해결되지 않았기 때문에 부처님은 다시 고행주의자를 따라서 그들보다 훨씬 더 심한 고행을 하며 해답을 찾으려고 했다. 그래도 의문이 안 풀렸다.

친구들은 부처님의 치열한 고행을 보고 받들어 존경했지만, 스스로 의문이 풀리지 않은 부처님은 출가를 위해 왕자의 지위를 버렸듯이 육신과 정신을 피폐하게 만드는 고행을 포기하고 새로운 수행에 들어갔다. 그러자 친구들은 부처님을 비난했다. 그런데도 부처님은 연구에 연구를 거듭해서 마침내 이 세상의 원리를 알았다. 그것이 바로 깨달음이다. 물론 불교는 연구라는 말은 안 쓴다. '참구한다.' 라는 말을 쓴다. 다른 말로 하면 '끝없는 연구' 라고 할 수 있다. 불교는 정신영역을 대상으로 하여 끝없는 연구를 한다.

사람들은 모든 인간은 괴롭지 않을 수가 없다고 생각했다. 그러나 인간의 마음을 연구하고 또 연구하고 분석해 보니 실은 괴롭다 할 실체가 없었다. 항상 '나' 라고 하는데 '나' 라고 할 만한 실체가 없었다. '선(善)' 이라고 하는데 따로 '선' 이라 할 실체가 없었다. 변하지 않는 것이 있는 것 같았는데 변하지 않는 것이 없었다. 이것이 바로 제행무상, 제법무아이다. 오늘날 과학이 발달하면서 물질도 근본 알갱이가 없다는 것이 밝혀졌다. 이때 없다는 말은 아무것도 없다는 뜻이 아니다. 불변하는 실체, 단독자가 없다는 것이다. 사람은 사람의 종자, 개는 개의 종자, 토마토는 토마토의 종자를 각각 갖고 있다고 생각했는데 유전자를 발견하고 보니 설계도만 바꾸면 종자도 바꿀 수 있다는 것이 밝혀졌다. 결국 불변하는 종자는 없었던 것이다. 모든 부분에 적용되는 이 원리가 바로 불교의 관점과 일치한다.

불교는 이 세계의 실상을 발견하는 연구를 해 왔기 때문에 과학이 발달하면 드러나게 되는 물질세계의 원리와 상충하지 않는다. 어떤 면에서는 이미 불교가 발견해 놓은 진리를 과학이 검증하는 것도 있다. 그러므로 과학의 발달로 인해 불교가 위축될 것이 없다. 불교는 과학이 발달할수록 그 진리성이 드러나는 종교이기 때문에 오히려 과학의 발달이 큰 도움이 될 수도 있다. 과학적인 연구가 더욱 진행되면 불교 안의 비불교적인 것, 불교 아닌 것을 불교로 삼고 있는 것들은 다 허물어질 것이다. 그것이 허물어진다고 해서 불교 자체가 허물어지는 것은 아니다. 비본질적인 것들은 오히려 허물어지는 것이 좋다. 대학시험 때문에 엄청나게 늘어난 입시기도 도량이 시험제도가 없어져서 입시기도 도량 역시 없어진다고 해도 불교는 망하지 않는다. 그런 것은 없어져도 큰 문제가 안 된다. 국립공원 입장료를 갖고 고대광실처럼 기와를 올리는 사찰들은 제도가 바뀌어 입장료가 폐지되면 폭삭 망한다. 불교사상의 사회화와 깨달음의 사회화라는 것은 이런 비본질적인 태도를 버리고 사람들로 하여금 수행자가 갖는 기본적 자세인 참구의 자세를 갖도록 하는 것이다.

 상호보완적인 과학과 불교

부처님은 일체 중생에게 불성이 있다고 했지만, 집에서 키우는 개를 보면서 그 말씀을 도저히 믿을 수 없었던 수행자가 스승에게 가서 과연 개에게 불성이 있느냐고 물으니 스승은 딱 잘라서 없다고 했다. 이것이 불교의 묘미인 화두이다. 보통 사람들은 이런 경우 연구할 생각은 안 하고 '부처님은 있다고 하고 스승은 없다고 하니 누구 말을 믿으란 말이냐?' 하며 분별심을 낸다. 그러나 수행자는 부처님은 있다고 했는데 스승은 없다고 하니 '이게 도대체 무슨 뜻일까?' 하고 바로 탐구하는 자세가 된다. 어떤 여인이 남편을 사랑하고 뒷바라지하며 착실히 살았는데, 어느 날 보니 남편에게 다른 여자가 있다는 걸 알게 되면 남편이 얄밉다 못해 죽이고 싶을 것이다. 하지만 수행자라면 그렇게 생각하지 않는다. '나한테 뭐가 부족했기에 남편이 그랬을까?' 이렇게 돌이켜 생각해 볼 것이다. 이것이 화두가 되는 셈이다. 그렇게 진지하게 연구를 하다 보면 '내가 하는 것이 다 남편 마음에 드는 줄 알았는데 사실은 그게 아니었다.', '내가 하는 것이 잘 하는 일인 줄 알았는데 그 사람에게는 엄청난 속박이 되었구나.' 라는 것을 깨달을 수 있다. 자신이 생각했던 자기의 모습과 남편 눈에 비친 자기의 모습이 완전히 다르다는 것을 연구 끝에 알게 된다. 자기 자신을 진지하게 다시 생각함으로써 자신을 알게 되는 계기가 된다. 또 남편이 무슨 생각을 하는지도 알게 된다. 남편이 갖고 있는 문제의 원인을 알기 위해 노력하다 보면 어릴 때 부모님에게서 사랑을 못 받았다든지, 형제간에 차별을 받았다든지 하는 이유를 찾을 수 있게 된다. 이렇게 문제가 되는 행동의 원인을 잘 알게 되면 그 치유도 가능해진다. 이와 같은 태도가 연구의 기본자세, 탐구하는 수행자의 기본자세이다.

그런데 불교가 관념화되고 형식화되면서 부처님께서 가졌던 탐구적 자세를 수행자들에게서 볼 수 없게 되었다. 법의 이치를 올바로 깨치는 것, 상대의 마음을 올바르게 이해해서 그에 맞게 교화·설법하는 것과 같은 불교의 핵심이 빠진, 그저 도식화된 교리만 승려들에게 주입식으로 교육했다. 그와 같은 흐름에 반대해서 일어난 개혁운동이 대승불교였다. 그러나 대승불교도 다시 도식화되니까 선불교가 등장하게 되었다. 지금은 선이 또 도식화된 시대라고 할 수 있다. 그렇기 때문에 사람들은 제대로 된 불교 수행이 무엇인지 잘 모른다. 머리 깎고 산에 가서 '이 뭣고?'라며 앉아 있는 것이 수행이라고 생각한다. 그것은 절대 수행이 아니다. 참구하는 것이 바로 수행이다. 그렇기 때문에 믿음보다는 이해가 더 중요하다. 올바른 이해, 올바른 앎, 그것이 깨달음이다. 이치를 확실히 알아 버리는 것이다. 이런 면에서 학문 연구와 불교 수행은 공통점이 많다.

물론 차이점도 있다. 불교는 사물을 총체적으로 그리고 직관으로 보지만, 과학은 사물의 부분을 분석적으로 관찰한다. 불교가 통찰의 속성을 갖고 있다면 과학은 분석의 속성을 갖고 있다. 오늘날에는 세속학문에서도 단순한 지식의 의미가 없어졌다. 불교는 전통적으로 지식보다 지혜를 중요시한다. 부분적, 분석적으로만 파고 들어간 과학은 각각의 부분에 지식을 많이 쌓긴 했어도 부분과 부분 사이의 연관관계를 제대로 파악하지 못해서 많은 오류를 범했다. 그에 대한 반작용으로 지금은 학문간의 연계를 강조

해서 인문과학, 자연과학, 사회과학의 상당 부분을 서로 결합해서 연구하려고 한다.

과학의 이러한 한계에 불교가 아이디어를 제공할 수 있을 것이다. 불교는 정신적인 것에 집중되어 있고 과학은 물질계에 집중되어 있으므로 서로 보완할 수 있는 부분이 있을 것이다. 물질의 이치를 깊게 알아도 마음과 정신의 이치를 모르면 노벨상을 탄 세계적인 과학자라고 해도 여전히 마음이 괴롭다. 이 부분을 보완할 수 있는 것이 수행이다. 하지만 수행자는 마음을 편안하게 다스릴 수는 있어도 컴퓨터도 잘 모르고 더운 것을 시원하게 할 줄도 모른다. 그래서 수행자는 과학의 도움을 받는다. 살아 있는 인간은 물질적 존재만도 아니고 생물적인 존재만도 아니다. 그렇다고 해서 정신적인 존재만도 아니다. 이 모두가 하나로 이루어져 있는 존재이다. 그러므로 서로 보완관계를 이루면서 살아야 한다.

새로운 시대는 통합적으로 볼 수 있는 시대이다. 요즘에는 사람이 아프면 양방과 한방진료를 같이 하는 경우가 많아졌다. 여기에 정신적인 상담을 같이 하면 더 좋을 것이다. 약물치료로 나을 병이 있고 정신치료로 나을 병이 있다. 종기가 생겼을 때 종기 증상에 직접적인 약물치료를 한다면 이것이 바로 양방의 원리다. 그런데 약을 먹어도 낫지 않을 때가 있다. 장이 나쁠 때 그렇다. 그럴 때는 종기약을 바를 것이 아니라 장약을 먹어야 한다. 이것이 한방의 원리이다. 그런데 장약을 먹을 때만 잠시 낫고 바로 재발한다면 그것은 신경성이다. 그럴 때는 마음을 편안하게 해야 장의 병이 낫는다. 하지만 손가락이 부러졌을 때에도 마음을 편안히 하면 나을까? 그것은 아닐 것이다. 현재는 양방, 한방, 정신적 치료를 제각각 따로 하면서 자기 치료 방법만 고집한다. 하지만 앞으로는 달라질 것이다. 이제는 총체적으로 문제를 인식하고 접근해야 한다.

그런 총체적인 시각을 갖는 게 쉽지는 않다. 변화 한복판에 있으면서 거시적인 시각으로 그 변화의 흐름을 감지하기란 참 어려운 일이다. 백 년 전쯤의 우리나라는 대단한 변혁기에 있었다. 그렇지만 우리 조상들은 자신들이 살고 있는 시대가 어떤 시대인지 전혀 감을 잡지 못하고 있었다. 그때, 막 신식학교인 소학교가 생겨서 아이들을 학교로 보내라고 하자 서당에 다니던 대다수 사람들은 콧방귀를 뀌며 무시했다. 그들에게 있어 소학교는 문제아나 다니는 곳이었다. 그런데 50년도 안 지나 서당은 완전히 사라지고 모두 학교로 바뀌었다. 마찬가지로 우리는 지금의 학교 시스템을 절대적인 것으로 받아들이고 있지만, 학교가 서당과 같은 운명이 되지 마라는 법은 없다. 30년 뒤의 사람들이 이 시대를 보면서 과거 우리 조상들처럼 우리가 뭘 몰라도 너무 몰랐다고 할 수도 있다. 과외로 주산과 부기를 배우던 시절이 그렇게 먼 과거가 아니다. 20년 전만 해도 컴퓨터는 전혀 중요하지 않았다. 그런데 요즘은 주산을 구경조차 하기 어렵다. 이처럼 지금 절대적인 것들이 시대가 바뀌면 완전히 소용없는 것이 될 수도 있다.

🌱 거대한 분기점으로서의 현재

　　그렇다면 도대체 어느 정도의 변화가 오고 있을까? 지금이 산업사회라면 미래사회는 정보화사회이다. 기술 측면에서 보면 농업사회→산업사회→정보화사회로 이행했다고 볼 수 있다. 산업사회가 대량생산 시스템이라면 정보화사회는 주문생산 시스템이다. 산업사회에는 그에 맞는 학교체제가 있다. 정보화사회에도 새로운 사회에 맞는 교육 시스템이 나올 것이다. 지금은 그렇게 개편되어 가는 과정의 혼란기다. 기술적인 면의 변화가 이랬다면 환경적인 면의 변화는 어떨까? 환경 차원에서는 변화의 폭이 상상외로 더 클 것이다.

　　어느 시대, 어느 사회든 많이 소비할수록 잘 사는 사람이었다. 많이 소비하려면 많이 생산해야 한다. 대량소비를 위한 대량생산체제가 갖추어진 것이 바로 산업사회였다. 그런데 대량생산을 하다 보니 자원부족현상이 일어났다. 그래서 사람들은 문명의 한계가 머지않아 닥쳐올 것이라고 생각했다. 그런데 자원고갈문제는 신소재를 개발하면서 상당 부분 해결되었다. 그런데 최근 2, 30년 사이에 새로운 위기론이 등장했다. 대량소비에 따른 대량폐기물의 부작용이 문명을 파국으로 몰고 갈 것이라는 주장이 그것이다. 지금은 12억 명 정도의 사람들만 대량소비사회에 살고 있다. 그들의 소비만으로도 지구 전체가 휘청거리는데, 전 인류가 이런 추세로 소비한다면 어떻게 될까? 이미 거대 인구의 나라인 인도와 중국사회가 대량소비사회로 빠르게 발전해 가고 있다.

현재는 일정한 변화의 수준을 뛰어넘는 질적 변화의 시대이다. 유전공학적 측면에서 보아도 그렇다. 자연적인 돌연변이는 자외선 노출 등 자연현상에서 온 것이다. 유전공학은 인위적인 돌연변이를 만드는 학문이다. 인간의 필요에 따라 새로운 종(種)이 만들어져 사회환경과 결합할 것이고, 종의 변화의 속도도 엄청나게 빨라질 것이다. 유전자를 조작하면 새로운 인간종도 만들어 낼 수 있다. 인간뿐만 아니라 다른 종도 만들다 보면 급격한 돌연변이 현상이 나타나서 생물학적인 큰 변화가 올 수도 있다. 그렇게 되면 공룡시대, 포유류시대, 인간시대에 이은 이후 시대가 올 수도 있다.

인류사적으로 보면 정보는 인간의 뇌용량이 커지면서 축적되기 시작했다. 정보가 축적되면서 소위 정신현상이라는 것이 나타났다. 인간은 물질로 보면 물질이고, 생물로 보면 생물이지만 정신현상이라는 것이 있기 때문에 다른 생물들과 크게 다르다. 약 5000년 전부터 문자를 사용해서 정보를 저장했는데, 지금은 컴퓨터와 디지털 시대로 접어들면서 엄청난 양의 정보를 축적할 수 있게 되었다. 그러면서 현재의 인간은 생물학적인 인간의 한계를 뛰어넘는 신종의 인간으로 바뀌고 있다.

결국 이 시대는 기술적으로나 환경적으로, 또 유전공학적으로도 거대한 분기점에 속해 있다. 이러한 시대에 대한 통찰력이 있느냐 없느냐에 따라 선구자가 될 수도 있고 안 될 수도 있다. 이런 격변을 과거시대의 기준으로 보면 모든 것이 다 혼란이다. 다음 시대에 가 봐야 이 시점의 변화가 어떤 것인지 비로소 알 수 있을 것이다. 이러한 변화에 따라 교육 시스템도 변하고, 산업구조의 개편도 진행된다. 하부구조에 커다란 변화가 오면 상부구조인 종교도 바뀐다. 사실 종교는 사회의 주도권을 쥐고 있던 중세 이후부터 이미 무너져서 고목처럼 잔재만 있을 뿐이다. 과거의 종교가 그랬듯이 근대는 과학이 진보의 최선두에 서 있었다. 그런데 이제 과학마저도 진리를 검증하는 기준의 역할을 하는 데 한계점에 도달하고 있다. 이제 중요한 것은 하드웨어의 개발보다는 소프트웨어의 개발 즉, 정보생산능력이다. 이것은 정신적인 영역이다. 이렇게 정보화사회로 가는 변화의 국면에 우리가 살고 있다.

변화의 시대에 발휘하는 창조력

변화의 시대에는 스승이 없다. 전통사회에서는 믿음을 갖고 그저 따라 배우기만 하면 됐다. 그러나 변화의 국면에서는 갖가지 모순이 나타나기 때문에 믿음을 갖고 있는 사람은 오히려 혼란스럽다. 하지만 연구하는 사람은 이 변화의 시대에 대단한 창조력을 발휘한다. 창조력을 갖고 있는 사람은 전통사회에서는 기량을 발휘하지 못했다. 창조력을 발휘해 튀는 것이 용납되지 않았기 때문이다. 그래서 창조적인 성인들은 모두 혼란기에 등장했다. 혼란기에 나타난 성인들은 새로운 가치관을 제시했다. 부처님도 마찬가지였다.

부처님이 태어난 시대는 브라만으로 태어났느냐 못 태어났느냐 하는 것이 인간의 운명을 좌우하는 신분제사회가 막 허물어지기 시작하는 때였다. 부처님은 전통적으로 내려오던 사회의 가치가 허물어져 가는 시대에 벌어지는 갖가지 사회적 모순을 보면서 엄청난 고민을 했다. 그래서 참구하여 깨달음을 얻었다. 부처님은 브라만, 크샤트리아, 바이샤, 수드라의 계급적 구분이 그렇게 중요한 것이 아니라고 강조했다. 중요한 것은 깨닫는 것이었다. 이렇게 해서 신분제사회의 계급적 구분을 뛰어넘어 새로운 계층인 승려집단이 생겨났다. 그러나 세월이 흐르자 승려는 점차 옛날의 브라만처럼 하나의 계급이 되고 신도는 후원자가 됐다. 이러한 이분법적 구분에 대한 각성을 촉구하며 새로 일어난 불교운동이 바로 대승불교였다. 대승불교가 중국에 들어와 여러 종파로 나뉘면서 종파적 한계를 뛰어넘지 못하자, '종파의 차별을 넘어 마음을 있는 그대로 직시할 때 해탈이 온다.'라는 '직지인심, 견성성불'을 외치는 새로운 불교운동이 일어났다. 이것이 바로 선(禪)불교이다. 그래서 과거와는 다른 수행풍토가 생겨났다. 과거에는 수십 년 동안 경전을 공부하고 종교의식을 익히면 훌륭한 스님이 되는 걸로 알았는데 그것이 아니었다. 머리 기른 문둥병 환자인 승찬이 언하에 깨쳐서 3대 조사가 되고, 일자무식 혜능이 금강경 한 구절에 깨쳐서 6대 조사가 되었다. 당시에는 세상 사람들로부터 인정받지 못했지만 그들에게는 창조력이 있었기 때문에 그 다음 시대에 엄청난 영향력을 주었다.

커다란 혼란 속에 있는 오늘날, 불교의 이런 창조적인 자세가 다시 한 번 필요하다. 지금 불교는 갈래갈래 나뉘어 선(禪)이 좋으니 교(敎)가 좋으니, 이 종파(宗派)가 좋으니 저 종파가 좋으니, 한국불교가 좋으니 일본불교가 좋으니, 대승이 좋으니 소승이 좋으니 하고 있는데, 이것은 사람들에게 혼란만 줄 뿐이다. 이제는 전세계의 불교 종파, 수행법을 한꺼번에 접할 수 있는 시대이다. 그런데 나라마다 종파마다 하는 얘기가 다르고 승복도 절도 불상도 다 다르다. 그렇기 때문에 전통적 방식대로 믿음만 지녀온 사람은 헷갈릴 수밖에 없다. 그런데 진지하게 탐구하는 사람에게는 오히려 좋은 기회일 수도 있다. 다양하게 비교해 가며 '그렇다면 도대체 부처님의 근본 가르침은 무엇일까?'라고 진지한 연구를 할 수 있다.

지금 이런 위치에 있는 사람들이 바로 서양 사람들이다. 서양에는 세계 각국의 불교가 다 들어가 있다. 그래서 오히려 불교를 믿기 어렵기도 하다. 그런데 이런 현상에 대해 다른 차원으로 생각할 수 있다. 부처님의 가르침은 승복에 있는 것도 아니고 머리카락에 있는 것도 아니고 불상에 있는 것도 아니고 절집에 있는 것도 아니고 책에 있는 것도 아니다. 그것들은 나라마다 종파마다 다르기 때문에 절대기준이 될 수 없다. 그렇기 때문에 오히려 '부처님의 가르침의 본질은 과연 무엇일까?'라는 근본적인 의문이 생기게 되어 진지하게 탐구할 수 있다. 그렇게 되면 불교만 보는 것이 아니라 다른 종교도 보게 되고, 종교뿐만 아니라 자연과학, 사회과학의 변화까지 수용하며 '그렇다면 과연 진리는 무엇일까?'라고 진지하게 묻게 된다. 이렇게 연구하는 사람에게는 통찰력이 생긴다. 그러면 개인의 문제는 물론 현재 문명의 한계에 대한 총체적인 해답을 찾을 수 있다. 혼돈 속에서 진리가 무엇인지 깊은 의문을 갖고 물으며 연구하면 인류문화에 새로운 비전을 제시할 수 있다. 우리가 처해 있는 시대적 변화는 바로 이런 자세를 요구한다.

현실적으로 이런 거대한 변화를 감지하는 것이 쉽지 않다. 그러나 우리가 접하는 현실 속에서 변화는 분명히 감지되고 있다. 인류의 역사는 지금까지 경쟁의 역사였다. 개인과 개인 사이, 집단과 집단 사이에는 언제나 경쟁이 있었고, 승리하면 성공했다고 평가받았다. 그래서 가까이 있을수록 공격하고 멀리 있는 것과 친하게 지내는 것이 전통적인 외교술이었다. 그런데 이 현상이 크게 변화하고 있다. 유럽에서 그것을 확인할 수 있다. 독일과 프랑스는 몇천 년을 서로 싸우다가 근래 와서는 형제처럼 서로 협력하고 있는데, 그 영역이 점차로 넓어져서 유럽의 10여 개 나라가 모두 평화롭게 협조하며 살고 있다. 부모와 자식, 형제, 부부 사이도 분열하는 현대사회의 추세 속에서 반대로 통합을 이루어 가는 현상이 일어나고 있다. 도대체 왜 이런 현상이 일어나는 것일까?

주종관계에서 협력체제로의 전환

옛날 유럽 사람들은 인접지역 안에서 서로 다투었다. 그러다가 교통과 통신이 발달함에 따라 넓은 세계를 알면서 밖으로 나가 식민지를 개척했다. 식민지 쟁탈전을 할 동안에는 자기들끼리 싸우지 않았다. 그렇지만 식민지 쟁탈전이 끝나자마자 다시 자기들끼리 싸우기 시작했다. 그래서 생긴 것이 1, 2차 세계대전이었다. 식민지를 차지하는 것에서 더 나아가 전 세계를 차지하겠다고 나섰던 것이었다. 그런데 자기들끼리 피 흘리며 1, 2차 세계대전을 벌이는 동안에 그만 패권이 미국으로 넘어가 버렸다. 자기들끼리 싸워서 이기면 이로운 줄 알았는데, 싸우다 보니 둘 다 망하게 된 형국이었다. 그 전에는 유럽이 세계의 중심이었는데, 싸우다 정신차려 보니 세계의 권력구도 자체가 달라져 버렸다. 게다가 식민지국가였던 약소국들도 의식이 깨어나서 저항하기 시작했다. 그 저항을 진압하는 데 드는 돈이 식민지를 유지함으로써 얻게 되는 경제적 이득보다도 더 컸다. 그래서 유럽의 각국들은 식민지를 포기하기 시작했다. 이런 과정을 겪으며 유럽 사람들은 인식을 달리하기 시작했다. 이웃끼리 싸우는 것보다는 협력하는 것이 이익이라는 사실을 깨달은 것이다. 이렇게 해서 유럽연합이 생겨났다. 이에 자극을 받은 미국도 가까이 있는 캐나다, 멕시코와 연합하여 그룹을 만들었다. 아직 전근대성을 못 벗어난 중국도 자각하기 시작하여 이 대열에 합류하면서 홍콩을 일국 2체제라는 형식으로 흡수했다. 싱가포

르, 대만, 동남아시아의 여러 나라들도 곧 협력관계가 될 것이다.

오늘날의 협력에는 특징이 하나 있다. 옛날에는 힘이 센 것이 힘이 약한 것을 먹어서 통합하여 주종관계를 만들었다. 힘이 약한 쪽은 독립하려고 자꾸 저항했다. 이런 특징은 국가간, 인종간, 남녀간의 모든 관계에서 어김없이 찾아볼 수 있다. 이렇게 종속된 것은 자꾸 독립하려고 한다. 그런데 독립한 것들은 유럽의 경우처럼 또 서로 연대한다. 결국 주종관계로 통합된 것은 분열하고, 각각 독립된 것은 다시 연대하는 특징이 생겼다. 연대가 잘 안 되는 것은 어느 한 쪽이 주종관계의 피해의식에서 벗어나지 못하기 때문이다. 그럴 때는 연대보다는 독립이 더 우선하는 당면 과제가 된다. 그래서 거시적으로 세계를 내다본 어느 학자는 미래에는 이웃에 있는 나라와 나라, 민족과 민족 사이의 대결보다는 유럽권, 미국권, 동아시아권, 인도권 등 문명권 사이에 충돌이 일어날 수 있다고 예측하기도 했다.

어쨌든 이런 세계적인 연합 추세로 볼 때 남북한이 협력하는 것은 지극히 당연하다. 이런 세계적인, 시대적인 필연성이 있기 때문에 남북 사이에 비록 어느 정도 갈등이 남아 있다고 해도 이른 봄에 다 녹지 않고 희끗희끗 남아 있는 눈과 같은 것이어서 남북한의 화해 분위기는 점점 무르익을 것이다. 남북한 사이의 화해는 이제 민중들뿐만 아니라 권력층에게도 무척 유리한 것이 되었다. 북한의 권력층은 생존과 권력 유지를 위해서라도 개혁, 개방을 하고 남한과 협력하는 것이 좋다. 남한은 이미 국민들의 정치의식이 상당히 발전했기 때문에 정부가 대북관계를 냉전구도로 몰고 가면 더 이상 국민적 지지를 얻기 힘들다. 그러므로 현재 득세하고 있는 일부 냉전론자들을 두고 걱정할 필요가 없다. 남북간 화해와 협력이 남북 권력자 모두에게 이롭기 때문에 누가 대통령이 되어도 대화정책을 펼 수밖에 없다.

미국은 MD(미사일 방어) 체제를 구축하고 한국에 F16 전투기 등을 판매하려고 대북 강경책을 쓰고 있다. 미국이 미국을 중심으로 한 단일패권적 세계화를 이루려 할 때, 최대의 걸림돌은 이제 유럽도 아니고 일본도 아니고 소련도 아닌 중국이다. 앞으로 30년만 지나면 GDP(국내 총생산) 규모에서 미국과 맞먹게 될 국가가 바로 중국이다. 그렇기 때문에 미국은 세계 전략적 차원에서 동북아시아를 견제해야만 한다. 그런 차원에서 보면 미국에서 달라이 라마가 인기있는 것은 정치적인 것과 상당한 관계가 있다. 중국정부가 달라이 라마에 대해서 극단적 거부 반응을 보이는 것도 실은 그런 견제에 대한 저항이다. 또한 중국은 대만문제에 미국이 간섭하는 것에 대해 전쟁도 불사하겠다는 의지로 저항한다. 결코 대만 하나 때문에 그런 것이 아니다. 지금 중국에 편입되어 있는 약소민족들에게 영향을 주기 때문이다. 중국은 약소민족들의 독립이 세계적 추세라는 것을 아직 깨닫지 못하고 있다. 아직도 과거의 사고방식에 사로잡혀 있는 것이다.

과거의 사고방식으로는 이해가 안 되는 일들이 앞으로는 많이 일어날 것이다. 어제까지 옳았던 것이 오늘에 와서는 더 이상 옳지 않은 것이 될 수 있다. 과거에는 노동자가 통일세력이고, 자본가가 반통일세력이었는데 요즘은 재벌이 먼저 남북간의 협력을 주장하고, 재벌이 먼저 북한에 투자

하러 간다. 오히려 노동자들은 통일을 반대할 가능성이 있다. '만국의 프롤레타리아들이여 단결하라!' 라는 구호는 이미 100년 전 것이다. 제3세계 노동자가 자국에 들어오는 것을 반대하는 사람들은 다름 아닌 같은 노동자들이다. 현재 가장 진보적이라는 환경운동가들은 노동자 출신이 아니다. 이렇게 진보세력의 내용도 자꾸 바뀐다. 우리는 이런 변화를 잘 살펴야 한다. 요즘 우리나라에 방글라데시 사람도 들어와 있고 인도 사람도 들어와 있고 파키스탄 사람도 들어와 있다. 그들은 한국 여자와 결혼해서 혼혈아를 낳기도 한다. 옛날에는 이것이 참 드문 일이었지만 앞으로는 보편적인 일이 될 것이다. 전통사회가 붕괴되었기 때문이다. 그러므로 새로운 가치, 새로운 삶의 모델이 있어야 하는데, 이런 것은 아직 구체적으로 손에 잡히지 않고 있다. 그래서 경제가 발달해도 사람들에게는 아주 괴로운 시대가 된 것이다.

지금부터 50년, 100년 전에는 마르크스 사상이 진보세력의 유일한 중심이었다. 그때에는 거기에 이념적 배타성, 맹목적 충성만이 있었다. 20년 전만 해도 우리나라에서 진보는 바로 마르크스주의였다. 그러나 지금은 아니다. 그러니까 어찌 보면 하나의 사상적 중심이 없어 혼란스러운 것 같지만 달리 보면 진정한 새로운 사상, 또는 새로운 관점, 새로운 문명이 태동할 수 있는 좋은 조건이라고도 할 수 있다. 잘못하면 혼란에 빠지겠지만 잘 하면 창조적 시대가 될 수 있다는 말이다. 이 시대에는 우리들이 모두 성인(聖人)이 될 가능성이 있다. 정보가 보편화되기 때문에 옛날처럼 한 사람의 성인을 추종하는 시대가 아니다. 그러니까 사람들 각자가 새로운 정보를 생산하고, 또한 더욱 더 독자성을 가져야 한다. 민족도 마찬가지다. 각 민족이 더욱 더 독자성을 갖되 서로가 연대, 협력하는 관계로 바뀌어야 한다. 그럼으로써 새로운 사회는 훨씬 나은 문명사회가 될 수 있다.

🌱 탐구하는 자세로 맞이하는 변화의 시대

모든 것이 다 이렇게 새롭게 열리며 변화하고 있다. 지금은 급격한 변화의 시대인데 그 변화의 폭이 과학기술 차원의 단순한 문제가 아니다. 여러 측면에서 살펴보았을 때 그 변화의 깊이가 굉장히 깊고 그 폭도 굉장히 넓다. 이런 변화의 시기에는 변화에 적응 못 하는 취약계층이 생겨난다. 노동력을 중심으로 하는 농경사회에서는 노인과 어린이가 생존력이 없는 사회의 약자로서 보호대상이었다. 그런데 산업사회로 옮아 감에 따라 농경사회로부터 뿌리뽑혀서 도시로 이동해 와서 노동자와 도시빈민이 된, 몰락한 농민들이 사회적 약자계층으로 되었다. 그런데 앞으로 다가올 시대에는 정보생산능력이 없는 사람들이 사회적 약자가 된다. 변화의 흐름을 쫓아가는 것도 중요하지만 사회적 약자를 과연 얼마만큼 포용하면서 가느냐 하는 것도 아주 중요하다. 왜냐 하면 그런 약자를 포용하는 정도에 따라 사회의 안정성 정도가 결정되기 때문이다. 사회적 약자를 끌어안지 못하면 당연히 사회가 혼란스러워진다. 그래서 혁명이 일어나고 갈등이 생긴다. 우리 사회에도 현실적으로 이런 문제점이 많이 나타나고 있다. 새로운 변화에 의해 구조조정이 필요해진 반면, 사회보장이 미흡하기 때문에 민중연대 같은 것이 만들어졌다. 민주노총과 한국노총이 서로 싸우다가 서로 협력하는 것이 바로 그러한 예이다.

변화의 시대에는 기득권층도 아주 큰 타격을 입는다. 애초부터 없었던 사람은 고통을 덜 느낀다. 그런데 기득권층에 속했던 사람은 그렇지 않다. 사회에서 30년씩 일했으면 경험과 경력이 평생을 보장해 줘야 하는데 현실은 이제 그렇지 못하다. 지금 40대 이상 된 사람들은 현재의 자기 기술이 별 쓸모가 없는 시대와 곧 마주치게 될 것이다. 그들은 20살짜리보다 능력이 못하게 될 수도 있다. 과거와 달리 이제는 거꾸로 기성세대가 신세대에게 가서 배워야 한다. 그러니 회사가 40대 이상의 경력자를 많은 월급 주고 채용할 리 없다. 결국 밀려날 수밖에 없다. 고통이 이만저만이 아니다. 그렇기 때문에 큰 사회적 갈등이 일어날 수 있다.

변화를 예측하고 대비하는 것도 중요하지만 사회적인 약자를 어떻게 보호하고 그들로 하여금 어떻게 적응하게 할 것인지도 생각해야 한다. 특히 종교인들은 그런 부분에서 많은 역할을 해야 한다. 인류 전체로 볼 때 아직도 기아, 질병, 문맹 퇴치가 사회적 약자를 보호하기 위한 최우선적 과제라고 할 수 있다. 그러나 우리 한국사회는 이미 그런 수준을 넘어섰다. 지금은 또 다시 밀려오는 새로운 변화 속에서 발생할 사회적 약자계층을 어떻게 보호할 것인가 하는 문제를 생각해야만 한다.

　우리는 앞으로 생길 문제를 예측하고 남보다 앞서서 그것을 해결하기 위해 노력해야 한다. 서구 문명은 이제 한계점에 도달했다. 말하자면 고목인 셈이다. 고목과 어린 나무를 비교하면 어린 나무의 전체 잎사귀보다 고목의 가지 하나가 가진 잎사귀가 더 많다. 그러나 세월이 흐르면 흐를수록 고목의 잎사귀는 자꾸 줄어들고 어린 나무의 잎사귀는 자꾸 많아져서 언젠가 역전된다. 그러므로 고목과 같은 서구문명의 철학을 따라가는 것은 어리석은 일이다. 그렇다고 해서 무조건적으로 동양사상 복고론을 펴는 것은 아니다. 그것은 작은 반작용에 불과하다. 다만 옛사람의 지혜 속에서 사물을 총괄적으로 보는 안목을 배우자는 것이다. 그것이 우리에게 진정으로 필요한 것이고, 서구문명의 한계를 극복할 수 있는 대안이 될 것이다.

　이런 것들을 생각해서 현실의 문제보다 한 발 앞서 나가면서 대안을 개발해야 한다. 환경문제 해결을 위한 작은 아이디어 하나를 내는 것, 그리고 실천하는 것이 아무것도 아닌 것 같지만 사실은 그렇지 않다. 그것 자체가 아주 중요한 정보를 생산해 내는 것이 되고 사회변화에 기여하는 것이 된다. 결국 각자가 인생을 어떻게 살 것인가 하는 것이 아주 중요해진다. 밥만 먹고사는 것이 중요한 게 아니다. 사람이 같이 일 년을 보낸다고 해서 같은 인생이라고 생각하면 안 된다. 끝없이 사물을 연구하고 통찰해야 한다. 평생 남편과 싸우면서 살아도 아내가 자기 남편에 대해 연구해서 책을 한 권 낸다면 그것도 엄청난 정보생산이 된다. 싸우기만 하고 괴로워하기만 하지 거기에 대해서 연구할 생각은 안 하고 '전생에 무슨 죄를 지어서 저런 원수를 만났나?' 라고 푸념만 하면 아무 의미가 없다. 대개의 사람들은 자식을 키울 때에도 연구를 안 한다. 태교에 대해서나 아이의 육아에 대해서도 연구를 안 한다. 학자들도 서양책을 적당하게 보고 베껴서 육아책을 낸다. 수도꼭지 하나를 달더라도 장기적으로 생각해서 물절약용 수도꼭지를 연구해서 달면 훌륭한 정보생산자가 된다. 이런 식으로 직업과 삶이 새로운 정보를 생산하는 쪽으로, 새로운 사회에 대한 준비 쪽으로, 창조적으로 접근해야 한다.

그런데 사람들은 조금만 여유가 있어도 큰 집과 좋은 자동차는 찾으면서, 창조적인 활동을 할 생각은 전혀 하지 않는다. 그런 태도로 사는 사람은 역사 속에서 늘 사회를 퇴보시키는 역할밖에 못 한다. 지금은 의식주의 기본은 다 해결되기 때문에 잘 먹으나 못 먹으나, 잘 입으나 못 입으나 큰 차이가 없다. 이제 중요한 것은 자기 삶의 보람을 어디에 둘 것인가 하는 것이다. 장롱 속에 옷을 스무 벌 넣어 놓고 아침에 나올 때마다 이것 꺼냈다가 저것 꺼냈다가 하면서 옷을 고르는 것은 쓸데없이 시간만 낭비하는 셈이다. 거기에만 에너지가 들어가는 것이 아니다. 옷을 하나 사려고 들인 시간과 노력, 그리고 그것을 살 돈을 모으기 위해 들인 시간과 노력 또한 만만찮다. 만약 그런 데에 에너지를 소비하지 않으면 다른 사람보다 훨씬 더 많은 시간을 창조적인 활동에 쓸 수가 있다. 자기를 괴롭히고 세상의 변화를 거스르는 그런 역할에 자기 에너지를 쏟으면 괴롭고 자꾸 뒤로 처지게 된다. 예를 들어 학교 교사라면 '학교 시스템을 앞으로 어떻게 해야 할까, 도시에서 자란 아이들에게는 어떤 교육을 해야 할까?' 이런 것들을 연구하면 좋은데 그냥 월급 받아 적당히 일하려고 하니까 아이들은 말썽이고 대안은 없고 신세대는 올라오고 아주 괴롭다. 이렇게 살면 자기 인생이 괴롭다. 자기 인생에 대한 긍지가 없기 때문이다. 그러니까 교사는 교사대로 연구를 하고 직장인은 직장인대로 연구를 해야 한다. 연구를 하면 어떤 일이 벌어져도 대처방안이 있고 괴롭지 않다. 이것이 바로 수행자이다.

수행은 머리 깎고 산에 가서 고기 안 먹고 도를 닦는 것이 아니다. 수행자의 핵심은 탐구하는 자세로 인생에 임하는 것이다. 그것이 바로 화두를 참구한다는 것의 의미다. 앞으로는 이런 사람만 사회적 경쟁력을 가질 것이다. 돈 벌어 잘 사는 것이 목표인 사람에게서는 이런 삶의 자세가 결코 나올 수 없다. 또 사회적 약자들에게 수행자적인 삶의 자세를 가르치면 그들에 대한 안전장치가 될 수 있다. 과거에는 경제적인 보장을 안전장치로 생각했는데, 이제는 정신적인 안정을 줄 수 있는 것 즉, 마음가짐을 바꿔서 삶을 값어치 있게 살 수 있는 길을 가르쳐 주는 것이 안전장치의 핵심이다. 이런 것과 병행해서 의료보험 · 재난보험 · 연금 · 실업수당 등의 사회적 안전망을 확보해야 한다.

사람들의 직업관도 바뀌어야 한다. 아침부터 저녁까지 직장에 매이는 행태는 분명히 변화할 것이다. 각자가 자기 특성을 갖고 능력과 취향에 맞는 직장에 파트타임으로 일하는 시대가 온다. 평생직장 개념은 점점 사라질 것이다. 그런 방식으로 삶의 방향이 바뀔 것이다. 그런 상태에서는 NGO(비정부 기구)의 역할이 자꾸 늘어난다. 사회적 영향력이 정부·기업·언론에서 NGO쪽으로 이행되고 있다.

이제는 환경도 노동도 복지도 모두 다 새로운 관점에서 봐야 한다. 소비적 복지에서 생산적 복지로 나아가는 길, 노동의 의미와 노동해방에 대한 새로운 해석 등이 우리가 앞으로 더욱 깊이 연구해야 할 과제이다. 모든 사람들이 창조적 주체가 되어서 작은 문제부터 연구하는 자세로 발전시켜 나가고, 삶의 목표를 바꾸어서 수행자적 삶의 태도를 가질 때, 새로운 변화의 시기는 긍정적이고 희망이 가득한 시대가 될 것이다.

미래문명을 이끌어갈 새로운 인간

내가 요구하는 것 없이 상대를 이해하면 나도 좋고 상대도 좋지만
내가 무엇인가를 요구하거나 상대를 이해해 주지 못하면 먼저 내가 답답하고 괴롭고, 상대에게도 고통이 된다.
그렇기 때문에 자리(自利)와 이타(利他)는 따로 나눌 수 없는 것이다.
그런데도 우리들은 이것을 나누어서 본다. 그것이 분별이 되고 병이 된다.
이 사실을 이해하지 못하는 종교인들은 사회와 똑 떨어져 수행만 하고,
사회 운동가들은 자기 변화를 외면하고 사회운동만 한다. 그러니 둘 다 제대로 될 리가 없다.

🌼 서로 분리될 수 없는 자리(自利)와 이타(利他)

　나와 함께 수많은 타인들이 모여 사는 것이 바로 사회다. 어떤 일이 생겼을 때 나와 남이 동시에 편안하고 이롭게 된다면 그것은 사회 전체를 건강하게 가꾸는 일이 된다. 그것이 바로 진정한 의미에서의 사회변혁이다. 많은 사람들이 개인의 마음 안정과 사회의 변혁은 별개이거나 상충하는 것이라고 생각하지만, 실제로는 자기를 변화시키는 것과 사회를 변화시키는 것은 별개가 아니라 하나이다. 사회와 나를 따로 떨어뜨릴 수 없기 때문이다.

　만약에 어떤 사람이 나에게 화를 벌컥 내면서 신경질을 부리면 내가 어떻게 하는 것이 좋을까? 과연 어떻게 해야 내 마음이 편안해지고, 상대에게도 도움이 될 수 있을까? 상대가 짜증을 내고 화를 낼 때 '저 사람 입장에서는 참 화낼 만하다.' 라고 이해를 하면 누구의 마음이 편안해질까? 바로 내 마음이다. 하지만 '어떻게 네가 나에게 화를 낼 수가 있어?' 라고 생각하면 누가 화가 날까? 바로 내가 화가 난다. 화가 나면 괴로운 것은 내 쪽이다. 상대의 입장을 이해하고 받아들이면 나 자신이 편안해진다. 그런데 나만 편안해지는 것이 아니라 상대방도 편안함을 느끼게 된다. 바로 이렇게 자신도 이롭고 남도 이롭게 하는 것이 수행이다. 자리(自利)와 이타(利他)는 둘로 나뉘는 것이 아니다. 내가 상대방을 받아들이면 나에게는 수행이 되고 상대방에게는 편안함이 되며, 그럼으로써 모두에게 이롭다. 이것이 바로 스스로를 편안하게 하면서 사회를 바꾸는 방법이다.

하지만 '네가 화내는 것을 내가 이해해 주었으니 너도 내가 화내는 것을 이해해라.' 라고 말한다면 이것은 상대방에 대해 요구하는 것이 된다. 또 상대방은 나와 다를 수 있는 사람인데 그런 사람에게 자신과 같이 똑같이 행하라고 강요하는 꼴이다. 그러면 당연히 상대방은 그 요구를 거절할 것이다. 상대방이 내 요구를 거절하면 나는 몹시 괴롭고 화가 난다. 물론 상대방도 괴롭다. 내가 요구하는 것 없이 상대를 이해하면 나도 좋고 상대도 좋지만, 내가 무엇인가를 요구하거나 상대를 이해해 주지 못하면 먼저 내가 답답하고 괴롭고, 상대에게도 고통이 된다. 그렇기 때문에 자리(自利)와 이타(利他)는 따로 나눌 수 없는 것이다. 그런데도 우리들은 이것을 나누어서 본다. 그것이 분별이 되고 병이 된다. 이 사실을 이해하지 못하는 종교인들은 사회와 뚝 떨어져 수행만 하고, 사회운동가들은 자기 변화를 외면하고 사회운동만 한다. 그러니 둘 다 제대로 될 리가 없다.

 희생하는 삶의 괴로움

종교인이든 사회운동가든 늘 세상 바꾸는 것을 얘기하지만, 실은 어떻게 해야 세상이 바뀌는지 모른다. 그래서 세상이 바뀌지 않는다며 개탄한다. 게다가 사회운동가들은 세상을 바꾸기 위해서 자신들이 희생한다고 생각하기 때문에 일을 하면서 괴로워한다. 그래서 사회활동을 하는 사람들 대부분이 몹시 지쳐 있다. 사람이 참는 것은 시간적으로나 양적으로 한계가 있기 때문에 자기 희생은 결코 오래 갈 수가 없다. 한편 많은 사람들은 남을 위하기보다는 자기 이익을 위하여 산다. 그가 남을 해치려는 의도가 없다 하더라도 자기가 이익을 얻으면 다른 사람은 손해를 보기 때문에 결과적으로는 남을 해치는 것이 된다. 따라서 남의 이익을 위해서 자기를 희생하는 사람과 자기 이익을 위해서 남을 해치는 사람은 전혀 반대의 사람인 것 같지만 깨달음의 세계에서 볼 때는 다를 것이 없다. 내가 누군가를 위해서 매일 희생하고 있는데 그 사람이 변하지 않고 여전하다면 어떻게 될까? 나는 매일 착한 일을 하고 있는데, 그는 매일 잘못만 저지르고 있다고 단죄하게 될 것이다. 그렇게 되면 그가 아주 미워진다. 차라리 그가 없어져 버리면 좋겠다는 생각이 들 수도 있다. 그런데 안 없어지니 어떻게 되겠는가? 증오가 점점 커져서 '저런 자식은 죽여 버려야 한다.' 라고 생각하는 데까지 이를 수 있다. 반대로 이때 자신의 잘못을 자각하고 부끄러움을 느낀다면 괜찮을까? 그럴 때는 화살을 자신에게로 돌려 자기 자신을 미워하는 마음을 낼 수 있다. 그러면 살의가 자신도 모르게 자기에게로 돌아간다. 그것이 바로 자살충동이다. 그래서 안 좋기는 마찬가지다.

법당에 나와서 절을 하고 법문을 열심히 듣는 사람이라면 아마 자기는 남을 위해서 희생하는 사람이라고 생각할 것이다. 부모를 위해서, 자식을 위해서, 남편을 위해서, 아내를 위해서, 나라를 위해서, 지구를 위해서 열심히 희생한다고 생각할 것이다. 그러면 그는 숭고한 이념을 지닌 성인일까? 절대로 아니다. 남들과 다를 바 없는 세속적인 가치관에 여전히 얽매여 있는 사람일 뿐이다. 수행자에게는 희생이라는 개념이 없다. 어떤 일이든 그냥 할 뿐이기 때문이다. 수행자가 어떤 일을 하는 것은 남을 위해 하는 것이 아니라, 스스로 즐겁고 좋아서 하는 것이다. 그렇기 때문에 아무것도 바라는 것이 없고, 그렇기 때문에 자유롭다. 희생에는 반드시 보상심리가 뒤따른다. 희생한다는 생각에는 현재는 고생하지만 언젠가는 반드시 행복한 미래가 올 거라는 기대가 들어있다. 그 기대심리가 채워지지 못할 때 희생은 파괴적인 모습으로 돌변한다. 그러나 수행자는 아무것도 바라지 않는다. 미래에 대한 기대도 전혀 하지 않는다. 현재 그렇게 하는 것이 그저 좋아서 할 뿐이다.

희생하고 있다고 생각하는 사회운동가들에게만 문제가 있는 것이 아니다. 수행하고 있다는 수행자들에게도 문제가 많다. 참된 의미에서의 수행자라면 이미 문제를 풀고 편안해진 사람들이므로 도대체 문제가 있을 수 없다. 스스로 수행하고 있다고 생각하고 있는 수행자들이 문제가 된다. 그들은 세속의 경계를 떠나서 이런 꼴 저런 꼴 안 보고 수행만 하면 마음이 고요해질 것이라고 여겨 수행만 하려고 한다. 하지만 그렇게 해서 수행이 될 리가 없다. 인간의 삶 속에서는 모든 것이 서로 연관을 맺고 서로 영향을 주고받는다. 이것을 따로 떼어서 별개로 생각하거나, 어느 것이 먼저라고 우기면 반드시 어긋나게 되어 있다. 그러므로 우리들의 삶이 나와 타인, 나와 사회, 수행과 사회 변혁의 이분법적으로 혹은 대립적으로 나뉘어 존재할 수 없다는 것을 깊이 이해하는 것이 정말 필요하다. 이것을 올바르게 이해하면 제대로 된 수행을 할 수 있다. 구두선으로, 지식으로, 화려한 말로, 추상적 관념으로 다가오는 수행이 아니라 그저 우리 일상의 삶일 뿐인 수행으로 확실하게 다가올 것이다. 그러면 자신이 잘못을 저지르고 있을 때, 그리하여 나와 남을 동시에 괴롭히고 불행하게 만들 때, 그러한 자기 자신을 알아차리고 반성할 수 있게 된다. 그럼으로써 자신을 치유하고 동시에 남을 이롭게 할 수 있다. 그런데 수행이란 것이 삶을 초월하여 얻어지는 어떤 것이라고 생각하면, 그 수행에서는 자신을 알아차리며 반성하는 힘, 자기와 남을 동시에 치유하는 힘을 얻지 못한다.

사회 속에서 일상의 삶을 살며 자신의 상태를 알아차리고 반성하는 것이 수행이라고 말했다고 해서 산 속에 앉아 있는 것은 무의미하다고 생각해서도 안 된다. 바르게 수행할 경우 그것이 세상을 위하는 일일 수도 있기 때문이다. 성철 스님은 산에서만 지냈지만 수천 명의 포교사가 뛰어다니면서 포교한 것보다 훨씬 더 많은 일을 했고, 훨씬 더 많은 사람들에게 부처님의 말씀을 전했다. 그러므로 처소가 중요한 게 아니다. 산에 가만히 앉아 있었다고 해서 사회 실천을 하지 않았다고 평가할 수는 없다.

🌸 현실을 인정하는 실천이 되어야 한다

무엇을 실천이라고 할 수 있는지 생각해 보자. 검소하게 모범적으로 사는 것만으로도 주변 사람들에게 좋은 영향을 준다면 그것도 이미 실천이다. 실천하는 삶을 살기 위해서는 우선 자기 자신의 마음을 다스릴 수 있어야 한다. 그래서 수행이 필요하다. 사회운동을 할 때에도 수행이 기초가 되어야 한다. 수행이 기초가 되어야 한다는 말은 자기를 해치지 말고 자기 자신을 아름답게 해야 한다는 말이다. 자기 자신을 사랑하고 긍정적으로 받아들일 때 비로소 타인을 사랑할 수 있고 타인을 이해할 수 있다. 자기 자신조차 사랑하지 않으면서 타인을 사랑할 수는 없고 사회 전체를 사랑할 수는 더더욱 없다. 자기 자신을 긍정할 때 삶의 보람이 생긴다. 자기가 살아있다는 것에 대한 가치를 느끼는 것이 보람이다. 삶의 의미를 알지 못하고 죽고 싶다는 생각을 하거나, 인생이 무의미하다고 생각하는 것은 삶의 가치를 제대로 알지 못하고 있기 때문에, 자기 자신을 살리지 못하고 있기 때문에 그런 것이다. 그러므로 자기 자신을 살리기 위한 수행을 먼저 해서 삶의 가치를 찾는 것이 중요하다. 삶의 보람을 느끼고 있는 사람은 설거지를 하든, 청소를 하든, 회사에서 일을 하든 관계없이 언제나 만족한다. 바로 이렇게 삶 속에서 보람을 느끼며 즐겁게 사는 것이 수행이다.

인생은 자유롭고 행복해야 한다. 이 자유와 행복을 가장 크게 구속하는 것이 바로 지위와 명예 따위다. 사람들은 지위가 높은 사람을 부러워한다.

하지만 부러움의 대상이 되고 있는 그들이 과연 언제나 행복할까? 그들은 법당에 나와 부처님의 좋은 말씀을 들을 여유조차 없다. 스스로가 구속하기 때문이다. 강의를 하라고 하면 나올지 모르지만 강의를 듣게 하려면 그들을 위해서 높은 곳에 의자를 준비해 놓고 있어야 한다. 그런 대접을 받아야만 자기 신분에 합당하다고 생각하기 때문이다. 어떤 모임에 갔을 때, 보통의 사람들은 앞자리를 배정해 주지 않아도 아무 상관이 없고 어쩌다 앞자리를 배정받으면 좋아한다. 하지만 지위가 있는 사람들은 앞에 자기 자리가 있으면 당연한 것이니 기쁨이 없고, 자리가 없으면 푸대접 받는다는 생각에 불쾌해 한다. 이래저래 기쁨이 없는 셈이다. 지위가 높으면 행동하는 것도 자유롭지 못하다. 길거리 포장마차에 서서 마음놓고 꼬치 하나 사먹을 자유도 없다. 나만 해도 승복을 입고 있기 때문에 불편한 것이 많다. 승복만 아니면 아무 데나 주저앉아도 되고, 허리 아프면 누워도 되고, 길에서도 버스 기다리다가 다리가 아프면 축대에 좀 걸터앉아 있어도 된다. 하지만 승복을 입었다는 것 때문에 즉, 승려라는 신분 때문에 그렇게 하지 못한다. 자기를 편하게 해 주지 못하는 것이다. 밍크코트 입은 사람도 마찬가지다. 지위나 명예나 소유는 늘 자기를 속박하고 정신을 긴장시킨다. 그러니 지위가 있으면 자기 인생에서 잃는 것이 많다. 하지만 이것은 지위 그자체 때문에 오는 것이 아니다. 스스로가 지위에 집착하기 때문에 잃는 것일 뿐이다. 자기를 정말로 아끼고 사랑하는 사람은 지위 따위에 집착하면 잃는 것이 많다는 것을 잘 안다. 자기 자신이 자유롭고 행복한 삶을 살려면 어떻게 해야 하는지 생각해 볼 필요가 있다. 이렇게 멍에와도 같은 지위와 명예 따위를 부러워하며 자신을 위축시킬 것인지, 있는 그대로 즐겁게 살아감으로써 자유로울 것인지는 어디까지나 스스로 선택하는 것이다.

그런 자유로운 삶을 살려면 반드시 수행을 해야 한다. 일반적인 불교신자들이나 불교를 믿지 않는 사람들은 수행에 대해 물을 때 부차적인 것만 묻는다. 좌선할 때 다리를 어떻게 하고 앉는지, 허리를 어떻게 세우는지, 호흡을 어떻게 하는지에 대해서만 묻는다. 하지만 그런 것은 별로 중요하지 않다. 그런 것이 필요없다고 말하는 것은 결코 아니다. 그것도 분명 필요하지만 그것이 수행의 요체는 아니라는 말이다. 수행이란 환경문제든 다른 사회문제든 그것을 바로 내 일로 받아들여 해결해 나가기 위해 노력하는 것, 그 자체이다. 내 얼굴에 묻은 더러움을 닦듯이, 내 몸에 묻은 먼지를 씻어 내듯이, 내 옷을 빨아 깨끗이 하듯이, 그렇게 세상을 닦아 나가는 것이 수행이다. 그렇게 하는 것을 내 자신의 삶 그 자체로 보아 보람있게, 즐겁게, 행복하게 해 나가는 것이 수행이다.

다른 사람을 만나서 얘기하고, 갈등하고, 부딪치다가 서로 양보하고, 화해하는 삶의 과정 모두를 외면하고 다른 데서 평안을 구한다는 것은 마치 산에 가서 생선을 구하는 것과 같다. 보지 않고, 듣지 않고, 냄새 맡지 않고, 맛보지 않고, 감촉하지 않음으로써 분별을 일으키지 않겠다는 것은 봉사나 귀머거리가 되겠다는 것이다. 그렇게 살면서 세속적 삶을 비판하는 사람들도 있는데, 그렇다면 왜 세속 사람이 지어 준 집에서 세속 사람의 돈으로 밥을 먹고, 왜 세속 사람들의 존경을 받으며 사는가?

　수행을 통해서 세상의 일을 자기 자신의 일로 받아들이고, 자기 관념의 틀을 깨뜨림으로써 사회 변화의 방향을 새롭게 열어갈 수 있어야 한다. 많은 사람들이 지역감정에 대해서 비판을 하는데, 사실 지역감정은 비판할 것이 아니라 오히려 인정해야 하는 것이다. 사람에게는 저마다 이기심이 있어서 살 맞대고 사는 부부간에도 다툼이 있다. 그러다가도 남과 다툴 일이 있을 때는 언제든 일심동체가 되어 연합하는 것이 부부이다. 그것처럼 각 지역별로 자기 이익을 추구하면서 어느 정도는 타 지역 사람들과 부딪칠 수밖에 없다. 노동자가 노동자의 이익을 추구하고 전경련이 재벌의 이익을 추구하듯이, 지역도 지역끼리 뭉쳐서 이익을 추구하는 것이다. 종교도 종교끼리 뭉쳐서 이익을 추구하고, 학교도 동문끼리 뭉쳐서 이익을 추구하며, 나라도 민족끼리 뭉쳐서 이익을 추구한다. 이렇게 자기 집단의 이익을 추구하는 것은 당연한 현실이다. 이런 현실을 무시하고 지역감정이 무조건 나쁘다고 비난하는 것은 옳지 않다.

　현실을 무시하고 지역적 이익을 추구하면 안 된다고 주장하면 자신만 괴롭다. 그래봤자 사람들은 저마다 자기 지역의 이익을 추구할 수밖에 없기 때문에 누구도 그 말을 듣지 않는다. 그것을 보면서 세상이 다 엉망진창이라는 생각을 한다. 망국병인 지역감정을 없애자는데 아무도 실천하는 사람이 없으니 세상이 한심해 보일 수밖에 없다. 하지만 이익을 추구하는 것이 당연한 현실이라고 인정하면 세상과 사회의 어지러움도 수용할 수 있게 되고, 마음이 편안해진다. 그러면 현실을 인정한 바탕 위에서 지역간 이기심 때문에 생긴 폐해를 조금이라도 줄여 보려고 구체적인 대안을 세우게 된다. 그것이 바로 현실의 바탕 위에서 세우는 해결책이다. 그런 해결책은 현실을 부정하고 세우는 해결책보다 훨씬 더 효율적인 결과를 가져온다.

남녀 차별이 있는 것도 현실이다. 이 문제가 발생하는 것은 개인이 나빠서 그런 것은 아니다. 남자든 여자든 태어나면서부터 교육을 통해 사고방식이 그렇게 형성되었기 때문에 개인의 잘잘못을 따지기가 어려운 일이다. 남자는 어릴 때부터 왕자처럼 떠받들어지는 분위기 속에서 자라났다. 세상에 나가서는 왕자 노릇을 못 해도 제 마누라 앞에서는 왕자 노릇을 하고 싶어진다. 반면 여자들은 어릴 때부터 수동적, 종속적으로 키워진 면이 많다. 그래서 능력 있는 남자에게 의지하고 싶어한다. 이런 사실을 일단 인정하고, 거기서부터 출발해서 문제를 어떻게 극복할 것인가 연구해야 한다. 그렇게 해야 비로소 답이 나오게 되어 있다.

 미래문명사회에 필요한 새로운 인간

사회문제를 개선하고자 할 때 고정관념에 묶이게 되면 자신은 괴롭고, 일은 비능률적으로 된다. 사회정의를 위해서 운동한다는 사람들의 평균수명을 조사해 보면 일을 하면서 분별심과 신경질을 많이 내기 때문에 다른 사람들보다 오히려 짧다. 너도 좋고 나도 좋다면서 적당하게 사는 사람보다 성격이 더 모가 나 있는 사람도 많다. 그러니 좋게 말하면 정직하고, 나쁘게 말하면 분별심이 많은 사람들이다. 이런 사람이 단체장을 맡으면 갈등이 많고, 소란이 일어난다. 과거의 학생운동권을 보면 운동권치고 분파가 많지 않은 곳이 없었다. 얼마나 분별심이 많은지 둘이 모여 일하기도 어렵다는 말까지 있었다.

세상을 좀더 나은 방향으로 바꾸고자 하는 사람이라면 자기를 희생하고 죽임으로써 사회를 변혁시키는 것이 아니라 자기를 살리고 동시에 남을 살림으로써 사회를 바꾸는 방법을 모색해야 한다. 불교에서 그 방법을 배울 수 있다. 우리는 자기의 삶에 대하여 좀더 진지해야 한다. 대다수의 사람들은 너무나 막연한 삶을 살고 있다. 왜 가는지, 왜 하는지, 왜 먹는지 도무지 모른다. 그저 많이 먹으면 좋은 줄 알고, 지위가 높으면 좋은 줄 안다. 지위가 낮은 것이 좋을 수도 있다는 것을 아는 사람은 '난 죽어도 높은 지위에 안 올라가겠다.' 라고 생각하지 않는다. 만약 그런 생각을 하면 그것 또한 지위에 집착하는 것일 뿐이다. 낮은 지위의 가치를 아는 사람은 지위가 낮으면 낮은 대로, 높으면 높은 대로 그저 자기 할 일을 한다. 지위의 높고 낮음에 집착하지 않는 것이다. 꼭 지위가 높아야 한다고 생각하는 사람은 지위가 낮으면 불행하다고 느끼고, 또 언제 지위가 낮아질지 몰라 늘 걱정이 많다. 적게 쓰고 사는 삶의 가치를 아는 사람은 적게 있으면 적은 대로 좋고, 많이 있으면 나눠 줄 것이 많아서 좋다. 재물에 집착하지 않으면 많든 적든 전혀 상관이 없다.

　나는 법문을 하고 그 대가로 돈을 받지 않는다는 원칙을 세우고 살지만 주는 것을 죽어도 안 받겠다고 싸우지는 않는다. 안 받겠다며 싸우는 것은 안 받는다는 것에 집착을 하는 것이다. 그저 내가 좋아서 하는 일이므로 사실 따로 대가가 필요가 없다. 그래도 주면 고맙게 받아서 좋은 일에 보시한다. 강사료를 줄 형편이 안 되면서 주려는 사람에게 내가 안 받겠다고 하면, 그 사람은 '예, 고맙습니다.' 하고 내 뜻을 받아 준다. 그러나 어떤 때는 꼭 강사료를 받아야만 하는 경우도 있다. 예를 들어 회사에서 강연을 했을 때는 받지 않으면 그들이 회계 처리를 못 한다. 그런 돈은 받아서 좋은 곳에 보시하면 된다. 얼마 전 카톨릭 수도회에 갔을 때 서로 부담 안 느끼고 좋은 일 함께 할 수 있도록 강사료를 안 받겠다고 미리 얘기했다. 그렇지만 신부님으로서는 그냥 넘어갈 수가 없어서 강사료를 주셨다. 나는 받아서 수도회의 헌금함에 보시했다. 여기에서 중요한 것은 강사료를 안 받는다는 것이 아니라, 받고 안 받고에 집착하지 않는다는 것이다.

　그러나 나 역시 전부 실천하지는 못한다. 하지만 말만 하고 안 하는 것은 아니다. 옳다고 생각하면 바로 실천하는데 그렇게 못 할 때도 있다. 그렇게 실천하지 못했을 때, 나는 금방 나 자신을 본다. 그렇게 못 하고 있는 자신을 알아차린다. 잘못한 자신을 이해하고 받아들임으로써 자기 자신에 대한 긍정성을 유지하되, 잘못한 것을 반복하지 않으려고 노력하는 과정에서 나는 내가 원하는 삶에 한 발짝 더 다가서게 된다. 이것이 바로 자기 살리기다. 자기 치유를 할 수 있어야만 비로소 타인, 나아가 사회를 치유할 수 있다. 그것을 다른 말로 사회 변혁이라고 할 뿐이다. 나를 희생해서 사회를 살린다는 건 바람직하지 않다. '내가 살 때 네가 살고, 너와 내가 함께 살 때 사회가 산다.' 라는 것을 깨달아 스스로를 살리고 스스로를 치유하며 자신의 틀을 깨는 삶의 자세를 가질 때, 그를 두고 미래문명사회에 필요한 새로운 인간상이라고 말할 수 있다.